Robert Jakob
Drei Männer – drei Frauen
oder der Mann mit dem goldenen Lächeln

Besonderer Dank gilt Dr. Caroline Gebhardt

Robert Jakob
Drei Männer – drei Frauen
oder der Mann
mit dem goldenen Lächeln

ATHENEMEDIA

Die Handlung und alle Personen in diesem Roman sind frei erfunden.
Jegliche Ähnlichkeiten mit lebenden oder verstorbenen Personen sind rein
zufällig und unbeabsichtigt.

©2013 Athene Media-Verlag
Erstausgabe
Lektorat: Dr. Caroline Gebhardt
Umschlagfoto: P. Rinderli
Umschlaggestaltung: Athene Media Dinslaken
Alle Rechte vorbehalten.
Printed in Germany
ISBN 978-3-86992-111-2

Der Mann mit dem goldenen Lächeln

Kalle war der unsportlichste Mitdreißiger, den es am Mittelrhein gab. Die einzige Sportverletzung, die er sich je zugezogen hatte, war eine Muskelzerrung beim Mainzer Karneval. Er hatte bis spät nach Mitternacht geschunkelt. Seine kaum vorhandene Lendenmuskulatur war durch das gleichmäßige Hin- und Herwogen der massigen Närrinnen und Narrhalesen nicht allzu sehr beansprucht worden. Er wogte sozusagen automatisch mit, wurde von der einen Welle nach rechts und von der anderen zurück nach links getragen und umgekehrt. Allein dieser Rhythmuswechsel verhinderte, dass es bereits zu einem Unglück kam. Allerdings hatte er so laut und immer wieder herzhaft gelacht, so dass er nicht nur eine lädierte Stimme davontrug, sondern ein tiefgefrorenes Gesicht. Sein Lachen hatte sich über Nacht verfestigt, weil der Musculus risorius Santorini in seiner Zugposition stehen blieb.

Kalle Pressler hatte das gar nicht einmal bemerkt. Seinen Kater, sowohl den kleinen der Muskeln, als auch jenen großen anderen, hatte er noch nicht richtig ausgeschlafen, als er schnurstracks am Badezimmerspiegel vorbeischlingerte und mit unsicherem finalen Stechschritt die Badewanne traf. Er duschte lange und warm, was ihn nur erneut schläfrig werden ließ. Einem doppelten Espresso war es zu verdanken, dass er dann doch halbwegs aus dem Halbschlaf auftauchte. Einen Blick in den Spiegel konnte er nicht mehr werfen, denn jetzt saß er ja am Küchentisch. Er bemerkte nur ein steifes Gefühl im Gesicht, das er aber auf den übertriebenen Alkoholgenuss am Vorabend zurückführte. Mit dem Badezimmer hatte er innerlich abgeschlossen. Es war ohnehin nie sein liebster Raum gewesen.

Normalerweise war er so faul, dass er nicht nur an Bewegung, sondern auch an Zeichen der Gefühlsregung sparte.

In die Mainzer Fassenacht war er zufällig geschliddert, denn er hatte bei einem Weihnachtspreisrätsel mitgemacht und diesen einen freien Eintritt in die Rheingoldhalle gewonnen. Er wohnte nicht weit vom großen Fluß entfernt. In seiner Siedlung gab es hässliche Wohnblöcke aus den Fünfzigern. Zwar waren das keine Plattenbauten, doch die Mauern waren so schnell und lieblos errichtet worden, dass das Wohlergehen der Insassen sich weniger am Wohnkomfort maß, als vielmehr an der Art und Weise, wie sich das Zusammenleben im Quartier gestellte. Da gab es eine Menge uriger Kneipen und kleinerer Parkanlagen, die vergessen lassen konnten, was sich hinter den phantasielosen vier Hauswänden abspielte.

Kalle Pressler war einem guten Schluck nie abgeneigt. Ihn jedoch als Alkoholiker zu bezeichnen, ginge zu weit. Sein Teint war blass, seine Haut beileibe nicht so krebsrot wie diejenige der eingefleischten Parkgenossen, die sich im

Sommer ihr Bier in der Brunnenanlage kühlten und im Winter den Flachmann hinter dem Jackenfutter hervorzaubern.

Aber heute war Kalle ausgesprochen verkatert. Die Haare taten ihm weh. Es kratzte und juckte ihn bis unter die Haut, und in seinem Kopf herrschte eine schummerige Leere. Bei jeder Verrichtung musste er sich mehrere Male vergewissern, ob er sie richtig eingeleitet hatte, ja ob er sie überhaupt machen wollte. Er schwankte immer zwischen dem Willen, doch noch etwas mit dem Tag anzufangen und einer tumben Mattigkeit hin und her. So richtig auf die Reihe bekam er an diesem Tag nichts.

„Abhaken und vergessen", dachte er.

Vor allem sollte es gefährlich sein, im Haus zu bleiben. Denn dort gab es Küchenmesser, heiße Herdplatten und glitschige Badewannenbeläge. Frische Luft musste gut tun. In der Welt draußen gab es zwar Autos, aber man brauchte sich ja nicht zu nah an den Rand des Trottoirs zu bewegen. Richtung Hauswand war die Gefahr gleich null.

Kalle Pressler stülpte sich einen faden Pullover über, indem er zuerst den rechten Arm durch den Ärmel streifte, dann den linken und anschließend seinen Kopf, der ihm jetzt besonders dick vorkam. Das lag aber vor allem an der engen Kragenpartie, die seine Tante Ilse ausgespart hatte, als sie ihm dieses, ansonsten sehr praktische Weihnachtsgeschenk gehäkelt hatte.

Während der Mainzer Fassenacht war schon so mancher erfroren, hieß es, denn der Alkohol öffnet die Poren und lässt die Wärme entweichen. Karlheinz Pressler war von langgewachsener Gestalt und darum nicht der Sturmerprobtesten einer. Ihn fröstelte, auch wenn die Sonne an diesem Spätwintertag schon eine Menge Kraft hatte. Kraft war es wiederum, die Kalle heute ganz besonders fehlte. Er schleifte die Füße über den Bürgersteig, war immer nahe dran zu stolpern und tat es schließlich auch. Nur durch geschicktes Rudern mit den Armen hielt er sein Gleichgewicht. Sein Oberkörper stocherte bei seiner unfreiwilligen Turnübung anderthalb Meter hoch über dem Trottoir in der Waagerechten herum, wie ein Vogel, der in der Luft nach etwas Essbarem schnappte. Das Ganze wirkte unfreiwillig komisch und veranlasste einen kleinen Jungen, der mit seiner Mutter entgegenkam, zu einem lauten Lacher.

So viel unverhohlene Unhöflichkeit war zuviel für Karlheinz P. Er, der im Vorbeistolpern wohl wie eine amerikanische Slapstickfigur gewirkt haben musste, wollte markieren, wie wenig er gewillt war, sich zur Lachnummer machen zu lassen. Er fletschte dem kleinen Jungen gegenüber die Zähne und war bereit, sich keinen Deut über die Reaktion der Mutter zu scheren. Schließlich hatte ihr kleines Ungetüm ja auch den Mundwinkel zu seinem Gespött hochgezogen, und das konnte er in seiner jetzigen Verfassung wahrlich nicht leiden.

Wenn Kalle Pressler die Zähne fletschte, dann sah das in etwa so aus, als ob ein abgemagertes Nilpferd grinst. Nicht besonders furchterregend, aber sehr fremdartig. Kalle dachte wohl zu Recht, dass er es der jungen Mutter und ihrem ungezogenen Sohnemann ein für alle Mal ausgetrieben habe, sich über wildfremde Menschen lustig zu machen. Die für sein Selbstbewusstsein erhoffte Wirkung blieb jedoch aus. Stattdessen fing der kleine Junge so breitbäckig zu grinsen an, dass sich in jeder seiner Gesichtshälften gleich ein halbes Dutzend Grübchen formte.

Kalle war verstört ob dieses sichtbaren Mangels an Autorität. Er kratzte sich am Kopf, der plötzlich wieder fürchterlich zu jucken schien, und zog weiter. Die Sonne strahlte, als wollte sie in Mainz den Winter vollends vertreiben und die letzten Schneeflecken in den Rhein schmelzen. Die Sandsteinfassaden der Jugendstilvillen und klassizistischen Mehrfamilienhäuser schienen bereits zu glühen. Sein Missgeschick und der darauf folgende Misserfolg hatten Kalle nicht entspannter gemacht. Da konnte auch das Wetter wenig ausrichten. Jetzt kam noch ein Brennen im Magen dazu. Pressler kaufte sich eine Laugenbretzel. Das sollte ja bekanntlich beruhigend wirken.

Die Bretzelverkäuferin war eine alte Bekannte. Aber nicht eine der besseren. Er hat sie nie besonders gemocht, hatte oft das Gefühl, dass sie ihm nicht immer die frischeste Ware andrehte.

Kalle Pressler und die Frauen, das war eine Geschichte für sich. Er war kein Typ, auf den die Frauen flogen. Zwar war er ohne Bauchfett, schlank und rank. Vielleicht wäre hager das richtige Wort. Nicht mager, nein hager, das war Kalle.

„Eine Giraffe als Mensch verkleidet", wie die Verkäuferin den Einwanderer aus dem Sächsischen ihren Freundinnen beschrieb.

„Hätt' gern' ne Laugenbretzel", befahl er der Bedienung, die hinter ihrem Stand auf der Stelle trippelte, um sich die Füße zu wärmen, denn bis hinter den Holzverschlag reichte die Sonne nicht.

Sie griff mit der Zange zu und stopfte den braunen Teigknöterich in eine Papiertüte.

„Sie können sie mir gleich so in die Hand geben", entfuhr es Kalle.

Sicherlich hätte er genau dann eine Tüte gewollt, wenn ihm die Dame das Gebäck auf die Hand hätte legen wollen. Jetzt war halt alles umgekehrt. Schließlich ist der Kunde König. Zwischen den beiden war es nie zu einem offenen Streit gekommen, aber auch nie zu einem freundlichen Wort. Die Verkäuferin war ein paar Jahre jünger als Kalle und färbte sich die Haare rabenschwarz. Kalle hatte graue Schläfen und wirkte wie ein alternder Kartenspieler. Die Verkäuferin war eine andalusische Flamenco-Tänzerin oder hielt sich zumindest für etwas Ähnliches. Für die Pechschwarze war Kalle einfach nicht attraktiv genug. Dabei ging es um mehr als nur die körperliche Erscheinung. Sie wusste, dass der aus dem Osten zugezogene Junker keine gute Partie war. Kalle wiederum verachtete diejenigen Frauen, die ihm nicht das Gefühl gaben, ein toller Hirsch zu sein. Er mochte es vor allem nicht, dass diese da ihn immer nur schweigsam wie ein Stockfisch bediente.

„Aber bitte gern", kam es aus dem prallen Mund der Verkäuferin.

Dazu hob sie leicht die schwarz nachgestrichenen Augenbrauen an. Sie sagte mindestens zwei Worte zu viel. Wenn sie ihm sonst ein oder manchmal auch zwei Bretzeln verkaufte, sagte sie höchstens einmal „bitte". Nie „bitte schön" und schon gar nicht „bitte gern" oder gar wie jetzt gerade „aber bitte gern".

Doch der Kalle bemerkte das gar nicht. Nahm seine

Bretzel in die zittrige Hand, drehte sich um und ging. Allerdings sagte er, während er sich umdrehte noch: „Danke".

Salzbretzeln sind geradezu ideal gegen den Kater. Besonders im Winter scheint sich die Lauge des Teiges mit der Säure im Magen zu verbinden und wohlige Wärme abzustrahlen. Das wenigstens war Kalle Presslers Theorie zur Wirkung vom verknoteten Teig. Was auch immer der Grund gewesen sein mag, die Bretzel wirkte. Das Brennen in seinem Magen ließ nach, und Kalle fühlte sich von den Eingeweiden her betrachtet besser. Lediglich sein Schritt blieb unsicher.

So stolperte er beinahe über einen kleinen Hund, der ihm mit wedelndem Schwanz entgegengetrippelt kam. Fast hätte er den Zwerg eines jugendlichen Pelzluders getreten. Diesmal war er nicht gestolpert, sondern regelrecht in das Hündchen hineingelaufen. Oder besser darauf. Das war ihm sehr peinlich.

Er bückte sich zu dem Hund runter und hätte dabei beinahe seine eigene Nase am Trottoir gerieben und das, obwohl der Bürgersteig heute für ihn besonders tief hing. Kalle Pressler stammelte etwas, was wie eine Entschuldigung klingen sollte.

„Parrdong" oder so ähnlich.

Die Frau im Pelz jedenfalls tat daraufhin sehr distinguiert, aber ohne Ranküne. Das Hundchen seinerseits japste vor Vergnügen und hechelte mit seiner winzigen Schlangenzunge.

Kalle sah in dem Chihuahua eher eine Art Hundekarikatur. Aber er wollte ihm nicht weh tun. Sonst mochte er keinerlei Form von Haustier, aber ab einer gewissen Größe überkam ihn so etwas wie Mitleid. Der Chihuahua war glatt wie ein Kinderpopo und quiekte vor Freude. Er tanzte um den Einmeterneunzig großen Kalle herum wie ein hüpfender Spielball an einer Schnur. Seine Nervosität wirkte ansteckend. Kalle durchzuckte es schlagartig am ganzen Körper, während der kleine Hund halbmeterweise an ihm hochsprang. Das war zu viel für verkaterte Nerven. Vor jeder Berührung mit einer kalten Schnauze ekelte es Kalle.

Vor allem bei kleinen Hunden, denn das kitzelt. Aber da er den kleinen Mexikaner fast umgetreten hätte, fühlte sich Karlheinz Pressler in die Pflicht genommen. Unter anderen Umständen hätte er den Störenfried zum Teufel gejagt. Nach seinem Fauxpas schien ihm das unmöglich. Einen schlechten Eindruck wollte er nun auch nicht gerade machen.

Die Frau im Pelz meinte plötzlich begleitet von einem breiten Lächeln: „Il te plaît, Frou-Frou, ce galant homme? "

„Offenbar auch noch eine, die unsre Sprache nicht versteht", dachte Kalle.

„Ich heiße nicht Frou-Frou", sinnierte er weiter, und jetzt wurde er doch leicht ungehalten, denn der mexikanische Nackthund ließ nicht von ihm ab und stupste ihn ein ums andere Mal mit seiner kalten winzigen Schnauze an. Für Kalle war das zu viel der kleinen Nadelstiche. Er machte jetzt doch eine unwirsche Handbewegung. Den Chihuahua aber schien's nicht im Geringsten zu stören. Der Hund japste weiter. Seine Sprungübungen gewannen einen Rhythmus, der die beiden reif für eine Zirkusnummer scheinen ließ. Die Manege drehte sich unablässig, indem Kalle dem kleinen Frou-Frou auswich. Der Hund zog jedes

Mal nach, und so drehten sich zwei Kreisel rhythmisch miteinander und auf und ab, immer in dieselbe Richtung.

Der Reigen wurde Kalle schließlich zu bunt. Er fletschte wieder mit den Zähnen. Erneut erzielte er keine Wirkung. Im Gegenteil: der mexikanische Springteufel hüpfte so hoch wie nie, und das Pelzluder lachte dazu herzhaft. Sie meinte nur: „Qu' est-ce que c'est mignon!" und machte keinerlei Anstalten einzugreifen.

Kalle fühlte sich von allen guten Geistern im Stich gelassen. Aber ohnmächtig sich seinem Schicksal ergeben, das wollte er auch nicht. Also sprang er auf und davon. Ja, er rannte tatsächlich vor einem kleinen mexikanischen Nackthund weg, wie ein Dieb auf der Flucht. Ihm fiel einfach nichts Besseres ein. Also rannte er drauflos.

Allein das Gefühl des frischen Windes im Gesicht, der ihn jetzt umströmte, machte ihn frei. Er spürte ihn bis in die Zipfel seiner kurzgeschnittenen Haare, die ihn am frühen Morgen noch so unsäglich zu jucken schienen. Im Wechselschritt seiner langen Beine flog das Trottoir vorüber. Monate-, ja vielleicht jahrelang, hatte er sich nicht mehr derart bewegt. Auf das ein oder andere Kaugummi und eine vereinzelte Hundewurst konnte er in seiner wiedergewonnenen Dynamik problemlos achtgeben, knapp, jedoch zielgenau, an ihnen vorbeisteuern. Die Stadtlandschaft flog an ihm vorüber.

Aber durch den energischen Zwischenspurt hatte er sich nicht wirklich befreit. Frou-Frou empfahl sich, indem er ihn in dem Moment einholte, als Kalle den Schritt ein wenig verlangsamte, was wegen seines mangelnden Trainings bereits nach zwanzig Sekunden der Fall war. Jetzt sprang der kleine Mexikaner links an Pressler entlang und drehte bei jedem Abheben das Köpfchen zu ihm hin.

„Geh weg!", rief Kalle.

„Geh weg!", und jedes Mal, wenn er die Stimme hob, hüpfte der Hund mit der Schnauze zuerst nach ihm hoch, drehte sich eine halbe Umdrehung auf dem höchsten Punkt und landete – zum Unglück für Kalle Pressler leider nur für kurze Zeit – wieder auf den winzigen Beinchen.

Kalle nahm seine langen Stelzen erneut unter den Arm und versuchte sein Heil in einem weiteren energischen Zwischenspurt. Diesmal konnte er einen Haken schlagen, denn die Straße machte einen kurzen Bogen, ehe eine Einkaufsmeile als Fußgängerzone in spitzem Winkel einbog. Dort ereilte ihn erneut das Schicksal: Denn auch der Chihuahua nahm die Spitzkehre problemlos. Lediglich sein Frauchen hatte den Anschluß verloren. Sie musste einen Passanten nach dem anderen fragen, wohin denn das ungleiche Paar abgetaucht sei. Das war aber einfach, denn Kalle und der Hund passierten nicht unbemerkt.

Noch bevor die Dame im Pelz ihr Eigentum und den „galanten Mann" eingeholt hatte, stieß das ungleiche Paar auf ein Hindernis. Kalle wollte das Trottoir wechseln, da war ihm ein kleines Mädchen im Weg. Es saß traurig mit den Schuhen in einer Regenrinne und blickte neben sich auf einen Haufen Speiseeis. Er war ihr aus der Waffeltüte gefallen und klebte jetzt breitfladig auf dem Bürgersteig. Mit der Linken hatte es versucht, noch etwas von der farbigen, kühlen Pracht zu retten, aber es hatte so langsam gegessen, dass die Masse bereits weich war und sich jetzt sofort behäbig breit und unwiederbringbar über das Trottoir verteilte. Darüber war die Kleine in Tränen ausgebrochen, denn es hatte noch kaum etwas von seinem Eis weggeschleckt, und jetzt war alles zu spät. Vielleicht hatte sie auch gehofft, dass jemand ihr ein neues Eis kauft, wenn sie Krokodilstränen vergiesst. Aber niemand war dazu bereit; die Solidarität hielt sich in Grenzen. Die Einkaufspassanten zogen an der Kleinen vorbei, als ob nichts geschehen wäre. Sie hatten nur Augen für ihre Geschäfte und eigenen Besorgnisse. Bis Kalle Pressler die Szene betrat. Er hatte hinübergeblickt auf die andere Straßenseite und dabei das Naheliegende beinahe übersehen. Er musste vor dem Mädchen einen Moment innehalten. Das war lange genug, um dem kleinen Mexikaner zu erlauben, ihn erneut einzuholen. Als wollte er seiner Freude über die erneute Begegnung in höchstem Masse Ausdruck verleihen, sprang der Chihuahua an ihm hoch wie nie zuvor. Der Hund benahm sich gerade so, als sehe er seinen besten Freund nach langer Zeit wieder. Dazu stimmte er sein Quieken an, das sich jetzt zu einer Hundemelodie steigerte. Das wiederum schien dem Mädchen zu gefallen. Sie hatte sich umgedreht und die Szene beobachtet. Vergessen war das Eis. Jetzt zählte nur noch Kalles ganz persönliche Zirkusnummer. Auch die Passanten hielten plötzlich inne, und innert zehn Sekunden hatte sich eine rechte Truppe hinter ihm, dem Hund und dem Mädchen formiert. Diesmal gab es kein Entrinnen mehr. Das Publikum verlangte seine Referenz. Fehlte nur noch, dass es applaudierte. Auf alle Fälle aber war das Mädchen wieder zufrieden. Es hatte das Drama um seine Eiscrème total vergessen und war Feuer und Flamme für die dargebotene Zirkusnummer. Nicht so Kalle, der sich mittlerweile in der Rolle des Tanzbären sah. Die Kleine schaute zu ihm auf und entbot ihm ein breites Lächeln. Kalle war nicht zum Lachen zumute. Nun kam auch das Pelztier herbeigeeilt.

„Oh, wie süß."

Jetzt, wo soviele Leute beisammen standen, packte sie ihr Deutsch aus.

Karlheinz tanzte in der Zwischenzeit seinen Hundetango. Er kam sich immer dämlicher vor. Die Zuschauer hatten unwillkürlich einen Kreis gebildet, aus dem ihm ein Entrinnen so gut wie unmöglich gemacht wurde. Dazu beleuchtete eine warme Abendsonne die Szene, als wäre das noch nötig gewesen, damit alle Leute besonders genau hinsehen konnten. Kalle reihte sich dadurch mühelos in die vielen anderen Straßenkünstler der Einkaufsmeile ein, nur mit dem Unterschied, dass sein Hut nicht als Klingelbeutel auf dem Boden lag. Er trug ohnehin nie einen Hut. Jetzt hatte er ein für allemal genug.

„Kann ich Sie zu einem Kaffee einladen?", schlug das Pelzluder unvermittelt vor.

Karlheinz Presslers Ärger über die unfreiwillige Zirkusnummer mit dem Hund war größer als das Erstaunen über die Einladung der pelzgewandeten Dame mittleren Alters. Kalle schlug die Einladung in den Wind, zwar höflich, aber bestimmt. Er wollte nur noch eines: seine Ruhe haben.

Er bog in die nächstliegende kleine Gasse ab, ruhig und entschlossen, sich für nichts mehr einspannen zu lassen. Der Wind zog unangenehm kühl zu so später Stunde durch die Häuserschluchten. Kalle schlug sich den Stehkragen hoch und zog die Schultern zusammen. Leicht gebückt ließ es sich besser der Kälte trotzen. Die Sonne war am Untergehen, und wo er jetzt entlanglief, lag schon etwas längere Zeit Schatten.

Auf einem der bröseligen Fenstersimse der Altstadt bemerkte er eine weiße Katze, deren Fell noch im restlichen Licht glänzte. Unwillkürlich schaute er kurz zu ihr hoch. Vielleicht lag es am Licht oder besser am fehlenden Licht, aber Kalle hatte das Gefühl, dass die Katze ihm zulächelte. Er versuchte, sie genauer anzusehen. Der Eindruck eines breiten Katzengrinsens blieb. Allerdings: ganz sicher war er sich nicht. Kalle ging schnell weiter, kam wieder in die Neustadt und beeilte sich, vor der Dunkelheit zu Hause zu sein.

Als er den Haustürschlüssel gedreht und die Tür hinter sich abgeschlossen hatte, fühlte er sich besser. Er ging ins Badezimmer, ein kleines quadratisches Zimmerchen ohne Fenster, um sich zu waschen. Er beugte sich tief ins Porzellanbecken hinab, spritzte sich Wasser ins Gesicht und rubbelte mit bloßen Händen die Seife über seine Haut. Dann schaufelte er das Wasser mit den hohlen Handflächen nach oben und spülte sich schubweise damit ab. Er schaute in den Spiegel und erschrak. Ein breit grinsendes Gesicht blickte ihm entgegen.

Das war doch wohl nicht er. Oder doch? Er brauchte einige Sekunden, um es zu glauben, denn er fühlte sich ganz anders als das Gesicht, das ihm da entgegenlächelte. Kalle war müde und schlechter Laune. Das Spiegelbild aber grinste ihn regelrecht an. Das war so unwirklich, dass Kalle versuchte, sein Spiegelbild auszutricksen. Er zog die Mundwinkel nach unten so weit er konnte. Das Resultat war gleich null. Lediglich sein Hals verkürzte sich etwas. Das Lächeln der Mona Lisa, das ihm entgegenstrahlte, blieb davon so gut wie unberührt. Er war ganz allein mit sich und seiner Fälschung. Er probierte es noch einmal, aber der Spiegel war nicht in der Lage, seinem Spiel zu folgen. Kalle gab die Übung für heute auf und legte sich auf sein Sofa, griff zur Fernbedienung und zappte sich durch das Vorabendprogramm.

Am nächsten Tag war Sonntag. Pressler rasierte sich. Er schaute in den Spiegel und lächelte. Das heisst, sein Spiegelbild lächelte ihn an, obwohl im selbst gar nicht so wahnsinnig zum Lächeln zu Mute war. Eigentlich fühlte er gar nichts, zwar keinen Kater mehr, aber stattdessen war er gar nicht einmal richtig wach. Dennoch lächelte ihn sein Spiegelbild penetrant an. Er betätigte seine Kaffeemaschine und inhalierte die ersten Schwaden des aromatischen Morgentrunks. Gestern Abend war er früh vor der Glotze eingenickt, um sich dann, ohne etwas anderes im Magen als eine große Tüte Kartoffelchips, ins Bett fallen zu lassen. Jetzt wollte er hingegen ausgiebig frühstücken. Er füllte den Toaster mit zwei Scheiben weicher Weißbrotmasse, öffnete eine Packung Kochschinken aus dem Aldi und einen Carré de l'Est, nahm die Butterdose neben einen großen weißen Porzellanteller und legte schon mal zwei Zuckerwürfel auf den Grund der Kaffeetasse, während die Kaffeemaschine ihr Äußerstes gab.

Kalle Pressler hatte nur ein halbe Stelle als Lagerarbeiter, und seine Eltern waren verstorben. Geschwister hatte er keine. Der Sonntag war darum für ihn ein besonders langweiliger Wochentag, zumal er am Montag nicht arbeiten musste. Nach den Exzessen von Freitag war ihm nicht nach einem Frühschoppen zumute. Sonst nahm er diesen manchmal in der Wirtschaft zum Löwen ein, wo er seine Bekannten aus dem Quartier treffen konnte, um über Fußball, Frauen und ferne Reiseziele zu schwadronieren. Aber heute machte Kalle gerne eine Ausnahme. Zwischen seinem inneren Seelenzustand und seinem Äußeren klaffte eine Lücke, mit der er zunächst alleine zurechtkommen musste, wobei ihm das Wie noch nicht klar war. Seine Kameraden konnten ihm da nicht helfen, und so schaltete er nach seinem ausgiebigen Frühstück zunächst den Fernseher ein. Er schaute sich die Zusammenfassungen diverser Fußballmatches an. Erstaunlich, was es alles gab. Von der niederländischen Liga konnte er rüberspringen nach England und dann zurück nach Italien. Die spanische Königsliga war auch vertreten. Er verbrachte weit über zwei Stunden vor der Glotze, ohne gestört zu werden. Dann bekam er Hunger. Aus dem Küchenschrank holte er sich eine Dose mit Würstchen. Er ließ sie in eine Kasserolle fallen und zog die Fleischsäckchen in ihrem eigenen Sud hoch. Dann nahm er sich aus dem Eisschrank eine Flasche Ketchup und aß zu Mittag. Drei eingelegte Essiggurken komplettierten seine Mahlzeit. Jetzt schlafen zu gehen wäre verfehlt. Er dachte sich, etwas frische Luft würde ihm erneut gut tun.

Kalle ging ziellos seinen Sonntagsspaziergang machen. Draußen faßte er sich ein ums andere Mal an das frisch rasierte Kinn, griff dann langsam nach oben und rieb seine Fingerkuppen an den ihm vollkommen fremden, neuen Falten um den Mundwinkel herum. Es kam ihm vor, als tröge er eine Schlangenhaut, die er nicht abstreifen konnte.

Er schaute in die Auslagen der Schaufenster verwaister Geschäfte. Leider traf er dabei auf sein verwaschenes Spiegelbild. Jetzt, wo der Kater endgültig verschwunden war, wollte er sicherer auftreten. Was er aber sah, machte ihn unsicher. Er hatte das Gefühl, sich nicht mehr selbst zu gehören. Dennoch ertappte er sich eins ums andere Male dabei, wie er seinem Spiegelbild in einer Vitrine unverhohlen nachspionierte. Das scheinbar Verbotene hatte eine starke Anziehungskraft. Jedesmal, wenn er an einer Vitrine vorbeikam, verdrehte er die Augen und schielte sich selbst hinterher, bis ihm auch diese Übung zu sehr zusetzte. Er verließ die Einkaufsstraße und ging in einen Park. Eine Dame kam vorbei und grüßte ihn mit einem freundlichen Lächeln, als wäre er ein alter Bekannter. Kalle nickte reflexhaft mit dem Kopf und ging weiter. Der Park hatte gerade einen ersten Frühjahrsputz hinter sich, obwohl es rein rechnerisch noch Winter war. Kalle kam an einen Brunnen, dessen Wasser aus dem seitlichen Auffangbecken in alle Richtungen spritzte. Er beugte sich über den steinernen Rand und hielt seinen Mund unter den Strahl, der ihn aus einem Bronzerohr anspuckte. Wasser spritzte an ihm vorbei und über den Brunnenrand auf den rotbraunen Braschenweg. Die paar feuchten Flecken störten ihn nicht. Die Erde selbst spritzte nicht hoch, da der Weg festgewalzt war wie eine Fahrstraße.

Als er sich gerade aufrichtete, da hatte er sich tatsächlich wieder einen Hund eingefangen. Aus einer winzigen Pfütze neben dem Brunnen schleckte der fast zur selben Zeit wie Kalle das vorbeigespritzte Wasser. Jetzt, als Karlheinz die Position wechselte, schaute der Hund zu ihm hoch. Kalle

Pressler schwante Übles. Der Chihuahua von gestern kam ihm wieder in den Sinn, und auch dieser Zeitgenosse hier schien seinen Gefallen an ihm gefunden zu haben, denn kaum hatte Kalle sich umgedreht und den besten aller Menschenfreunde bemerkt, hechelte dieser ihn bereits an.

„Geh weg", rief Karlheinz.

Aber was ein rechter Rauhaardackel ist, ist auch ein Raubein und läßt sich so leicht nicht unterkriegen. Kalle Pressler auch nicht, und so entwickelt sich zwischen den beiden ein äußerst abwechslungsreicher Dialog.

„Verschwinde!"

„Wuff, Wuff."

„Verpiss dich endlich!"

„Wuff, Wuff."

„Geh weg!"

Der neue Kompagnon zog einen treuherziger Schmachtblick auf, enthielt sich aber ansonsten und von nun an jeden zusätzlichen Kommentars. Kalle ging gesetzten Schrittes weiter. Der Hund lief ihm einfach hinterher, unaufgefordert und in höflichem Abstand. Kalle wollte sich diesmal nicht aus der Ruhe bringen lassen. Die Parklandschaft unterstützte ihn dabei. Es gab kein hektisches Hin und Her von gestressten Konsumenten oder rasenden Automobilisten. In Ruhe wollte er der Situation Herr werden. Kalle schnappte nach der frischen Parkluft, ohne sich um den Dackel zu kümmern. Ab und zu drehte er sich um. Der Hund folgte ihm in geziemendem Abstand bis zur Schwelle seines Mietshauses. Es bestand Handlungsbedarf. Kalle Pressler dachte sich einen Trick aus. Er pfiff den Dackel

ein letztes Mal an und stürmte, ohne sich noch einmal um-
zudrehen, die Haustür herein.

Aber er hatte die Rechnung ohne den Hund gemacht.
Dieser roch den Braten und sprang noch vor seinem neuen
Herrchen zwischen Tür und Falle durch, setzte sich trittsi-
cher auf die drittoberste Treppenstufe im Inneren des Hauses und wartete. Nun war der Dackel dem Kalle plötzlich
eine Schnauzenlänge voraus. Etwas ratlos blickte der Herr
Pressler nach oben. Da lag der Dackel und streckte alle vier
Pfoten von sich. Im selben Moment kam Frau Radke um
die Ecke des Treppenhauses zwischen dem Erdgeschoss
und dem ersten Stockwerk, wo er wohnte. In Kalles Augen
war sie bloss eine alte frustrierte Ziege, die nur darauf wartete, ihm eins auszuwischen. Wie oft hatte er sie an irgend-
einer Hausecke stehen und schwatzen sehen. Meist tat sie
das mit vorgehaltener Hand, was für Kalle kein gutes Zeichen war. Er hatte keinerlei Lust, Opfer ihrer unablässig
brodelnden Gerüchteküche zu werden. Manchmal, wenn er
an ihrer Haustür vorbei ging, vernahm er das Klappern der
kleinen Metallzunge, die den Türspion ihrer Wohnung ab-
deckte, ganz fein, aber verräterisch. Frau Radke hatte die
Hausmeisterwohnung im Erdgeschoss und ihrer Aufmerksamkeit entging nichts.

Kalle Pressler sah die drohende Gefahr. Würde er den
Hund zum Teufel jagen, gäbe es ein undurchschaubares
Tohuwabohu. Die Radke könnte herumquatschen, dass er,
vom Alkoholgenuss übermütig geworden, polternd durch
die Gänge gezogen sei. Oft genug hatte sie ihn in aller Öf-
fentlichkeit des Säufertums verdächtigt. Kalle wollte aber
vor allem eines: seinen Frieden haben. Er stand also vor

einem größeren Interessenskonflikt. Den Hund wegjagen, das bedeutete, zum Ziel, ja sicher sogar Opfer des Geredes der Tratschtanten im und ums Haus herum zu werden. Den Hund sitzen zu lassen, hieße, keinerlei Verantwortung zu übernehmen und zu hoffen, dass sich die Lage von alleine entspanne. In Anbetracht seiner Tagesform eine durchaus lohnende Alternative, wie ihm schien. Als er jedoch auf der obersten Treppenstufe angelangt war, sollte ihm bewusst werden, wie realitätsfern seine Planungen waren. Mit einem entschlossenen Schritt zog er an dem Hund vorbei. Dieser schien nicht zu reagieren. Zunächst nicht. Doch kaum war Pressler auf Stockwerkshöhe, stiess sich der Rauhaardackel mit seinen kurzen Beinen von der Treppenstufe ab, überwand fast schleichend die beiden letzten Stufen und heftete sich an die Fersen seines neuen Meisters. Dieser hatte gerade den Wohnungsschlüssel einmal nach links gedreht, schon ward er sich seines Verfolgers mit einem kurzen Blick über die Schulter bewusst. Ihn abzuschütteln wurde jetzt immer unmöglicher. Hätte er selbst wie ein Schurke zwischen Tür uns Angel durchschlüpfen sollen? Es bestand die Gefahr, dass just in jenem Moment, der Dackel seinen Kopf in die Tür steckte.

Presslers Wohnungstür war schwer. Sie bestand zu zwei Dritteln aus Stahl. Würde sich der Hund darin auch nur eine Pfote einklemmen, das Blutbad wäre perfekt und der Ärger, den sich Karlheinz P. einhandeln würde, ein gewaltiger. Kalle Pressler hoffte auf sein Glück. Er öffnete die Türfalle, schob die ummantelte Stahltür nach innen und blickte kurz und geistesabwesend ins Innere seines Domizils, als wollte er sich versichern, nicht über dessen Inhalt getäuscht worden zu sein. In nur anderthalb Sekunden nahm er sein Appartement wahr, wie er es verlassen hatte. Nichts hatte sich geändert. Auf dem Fernsehtisch lag noch der leergegessene Teller vom Mittag. Das letzte einsame Würstchen hatte er nur an der Spitze abgebissen und dann liegen gelassen. Es war ihm geplatzt, weil das Sudwasser zu heiß geworden war. Das Bild, das sich dem unbedarften Zuschauer beim Eintritt in seine Wohnung bot, war eine kleine Vorstufe zur Apokalypse.

Den Hund störte das nicht. Er war jedenfalls bereits in der Wohnung und machte es sich auf dem Kanapee bequem.

„Warum auch nicht?", dachte Kalle Pressler.

Der Hund ist schließlich auch nur ein Mensch. Es war ohnehin Zeit zum Teetrinken. Auch Karlheinz Pressler hatte seine Riten, und darin wollte er jetzt, wo er in den eigenen vier Wänden war, nicht gestört werden. Um vier Uhr war Tea Time, gleichwertig mit Kaffee und Kuchen. Auch hier hatte ihn Tante Ilse mit dem Nötigsten eingedeckt. Kalle riß eine dünne Alufolie auf, hinter der ein Rumkuchen zum Vorschein kam. Der mittlerweile gebührende zeitliche Abstand zu seinem Freitagabendexzess gestattete ihm, das Aroma des Zuckerrohrschnapses in vollen Zügen zu genießen. Das freute ihn so sehr, dass er in einem Anflug von guter Laune, kaum hatte er drei Bissen heruntergeschluckt, auch dem Hund ein großes Kuchenstück abwarf. Fern von den Blicken von Frau Radke fühlte er sich lockerer. Der Hund dankte es ihm, indem er sich mit lautem Gebell auf den Kuchen stürzte und seinen Anteil in einem Stück verschlang, dazu mit dem Schwanz auf den

Teppich klopfte, sich anschließend zur Seite rollte und dann mit den Pfoten strampelte. Etwas viel auf einmal für eine Mietwohnung.

„Pst", machte Kalle und hob den Zeigefinger zur Lippe. Ihm war das Toben und Poltern des Hundes nicht Recht.

Er wollte vor allem nicht, dass zu viel Notiz von seinem ungebetenen Gast genommen wurde. Aber den Hund kümmerte das wenig. Mit seinem Schwanz betätigte er sich weiterhin als Teppichklopfer.

Pressler versuchte ein weiteres Mal, seinen Kostgänger loszuwerden. Er hatte den Rest eines Schweinekoteletts im Eisschrank, fast bis auf den Knochen abgenagt. Kalle schabte mit einem kleinen spitzen Messerchen noch etwas von der graurosa Fleischmasse ab und wickelte einen Schlag Frischhaltepapier um den Teller, nahm die Schweinerippe zwischen die Zähne und lief aus der Küche zurück ins Esszimmer, wo sich sein ungebetener Gast bereits breit gemacht hatte. Kalle tat so, als risse er voller Fressgier ein Stück Fleisch vom Knochen, indem er seinen Bissen mit einer vehementen theatralischen Kopfbewegung begleitete. Dann hob er den Knochenrest wie eine Standarte in die Luft und anschließend vor die Schnauze des Hundes, bereit, mit ihm Gassi zu gehen und draußen mit dem Knochen alleine zu lassen. Er blickte dem Hund tief in dessen treuherzige Augen. Der Dackel reagierte nicht. Nur ein ganz klein wenig schüttelte er den Kopf, als wollte er damit andeuten, wie stümperhaft Kalle Presslers Ablenkungsmanöver letztlich sei. Der Hund war eindeutig schlauer. So ließ er sich nicht von der Stelle locken. Der einzige, der sich von der Stelle bis zur Schwelle bewegte, war Kalle Pressler.

Dieser war bereit, stärkeres Geschütz aufzufahren. Nur wusste er absolut nicht wie. Er dachte zunächst, eine Fleischspur aus Wiener Würstchenschnipseln von der Türschwelle bis hinunter in den rasenbedeckten Hinterhof zu legen, verwarf diesen unsinnigen Gedanken aber sofort. In seinem Geist blitzte sogleich Frau Radke auf, die ihn mit mürrischem Blick zurechtwies. Er zog das stahlverstärkte Türblatt seiner Mietwohnung wieder nach innen und kratzte sich am Hinterkopf. Er ging zurück an seinen Küchentisch und schaute in die Fernsehzeitschrift: Formel 1 als stark zeitversetzte Aufzeichnung. Er machte sich nicht viel aus Motorsport, aber irgendwie musste man sich ja die Zeit vertreiben. Er schaltete die Kiste ein. Jetzt bewegte sich auch der Hund und zwar fünf Meter nach vorn neben Kalle Presslers Fernsehsessel.

„Nun, wenigstens nimmt er mir nicht auch noch diesen Sitzplatz in Beschlag", dachte sich Kalle, und so schauten sie eine Weile den im Kreis fahrenden Boliden zu. Der Hund zeigte stummes Interesse, das sich darin äußerte, dass er mit seinem Schwanz dieselben Rechtskurven in die Luft zeichnete, die die Rennfahrer mit rauchenden Reifen auf dem Asphalt drehten. Kalle war erstaunt über die Ruhe, die der Hund vor der Glotze an den Tag legte. Als das Rennen nach knapp achtzig Runden vorbei war, wurde auch der Rauhaardackel wieder aktiv. Er begann zu hecheln.

„Jetzt will er bestimmt, dass ich für ihn koche", dachte Kalle, aber er hatte keine Lust, den Hund mit zu verköstigen. Mit einem beherzten Griff unter den Bauch spedierte er ihn vor die Türschwelle. Der Dackel sprang – kaum wieder losgelassen – auf der Stelle mit einer 180-Grad-

Wendung hoch und mit einem weiteren Sprung wie ein Jagdhund zurück hinter die vermeintliche Demarkationslinie. Daraufhin gab das unfreiwillige Herrchen den Machtkampf für diesen Tag auf und kümmerte sich nur noch um sein eigenes leibliches Wohl.

Kalle Pressler kochte wieder einmal Spaghetti. Er war kein großer Kochkünstler, eher der Typ, der gerade mal ein Ei in die Pfanne hauen konnte. Aber Spaghetti Bolognese konnte er gut. Da hatte er schon ganz schön Routine. Er spritzte etwas Backfett in die größere seiner beiden Pfannen und briet einen Mix aus Schweine- und Rinderhackfleisch an. In der Zwischenzeit löste er einen Fleischwürfel in lauwarmem Wasser auf und goss ihn über die grau gewordenen Fleischbröckchen, während nebenan ein riesiger Kessel mit heißem Wasser aufkochte. In die Pfanne kippte er eine Dose gehackte Tomaten und ein paar dänische Röstzwiebeln aus einem Plastikbehälter. Als die Spaghetti al dente gekocht waren, hatte er seine Bologneser Sauce ebenfalls zur Genüge eingedickt. Er setzte sich an den Küchentisch und schnippelte einige Streifen Edamer über die Sauce, die er in eine ins Nudelnest gedrückte Mulde verteilt hatte. Kaum war der erste Gabelbissen zum Mund geführt, machte sich der Dackel mit einem leisen Wimmern bemerkbar. Kalle versuchte, wegzuhören. Er aß ruhig weiter und las die Zeitung dazu. Aber dann gelang es ihm doch nicht, seine Ohren auf Durchzug zu stellen. Das Wimmern des Hundes war leise, aber so penetrant, dass er schließlich nachgab. Auch hatte er eine ziemlich gehörige Portion Soße zubereitet, während er bei den Nudeln eher ins andere Extrem gefallen war. Er stellte schließlich den Rest seines

Tellers, in dem noch jede Menge roter Fleischsauce schwappte, dem Hund als Fressnapf vor die Schnauze. Kalle Pressler hat selbst auch keinen allzu ästhetischen Stil. Er schaufelte regelrecht alles in sich hinein. Der Hund machte es ihm nach, nur brauchte er dazu weder Gabel noch Löffel. Er schleckte das erwartete Geschenk dankbar bis auf den letzten Tropfen mit der Zunge auf. Das tat er so akribisch, dass der Teller blank war und kein einziges Fleischkrümelchen oder gar Soßentröpfchen neben den Teller flog.

Kalle ging zum Eisschrank und holte noch einen vorabendlichen Schlaftrunk. Er köpfte eine Drittelliterflasche Exportbier und begann in einer Illustrierten zu lesen. Der Playboy war eine seiner liebsten Abendlektüren. Ihn nahm sich Kalle als Nächstes vor. Anschließend schaltete er wieder den Fernseher ein. Die Nachrichten waren wenig erbaulich. Glücklicherweise gab es danach den Derrick. Das gefiel offensichtlich wieder dem Hund, denn er wedelte erneut mit dem Schwanz, während der Kommissar seine brillanten kriminalistischen Schlüsse zog. Früher hatte Karlheinz Pressler davon geträumt, Kriminalwachtmeister zu werden. Heuer blieb nur Lagerarbeiter in einem mittelgroßen Speditionsunternehmen.

Nachdem Kommissar Derrick seinen Fall gelöst hatte, trank Kalle Pressler sein drittes Drittelliterbier aus und ging ins Badezimmer, um sich bettfertig zu machen. Der Hund bewegte sich nicht von der Stelle. Der graubraune Teppichboden im Wohnzimmer schien ihm als Schlafstatt zu genügen. Auf dem Weg zurück vom Bad fand Karlheinz einen zufrieden dösenden Dackel vor, der sich ganz selbstverständlich in der Mitte der Pressler'schen Behausung breit gemacht hatte. Kalle beschloss, die Haustür nur anzulehnen. Zum einen hoffte er, dass es sich der Hund vielleicht über Nacht überlegte und Leine zog. Zum anderen war er sich sicher, dass jeder Einbrecher von seinem Untermieter vertrieben würde. Eine weitere Möglichkeit dazwischen nahm er billigend in Kauf, und außerdem konnte der Hund ja alleine Gassi gehen.

Am nächsten Morgen hatte Kalle keinen Kater, aber dafür einen Hund. Dieser hatte nämlich nicht im Traum daran gedacht, das Weite zu suchen. In Kalles Wohnung war es angenehm warm, und die Verpflegung war auch nicht übel. Kalle kochte sich selbst Kaffee und stellte dem Hund einen Aschenbecher voll Wasser vor die Schnauze. Einen Fressnapf besaß er natürlich nicht, aber für eine Notlösung ließ sich ja immer sorgen. Die Enttäuschung, ihn immer noch in der Wohnung zu haben, hielt sich in Grenzen. Kalle war Realist genug, nicht an einen raschen Auszug seines neuen Mitbewohners zu glauben. Er machte sich erst einmal sein Frühstück. Diesmal gab es Brötchen aus der Tüte – mit Erdnussbutter und Erdbeermarmelade. Kalle strich ein kugelförmiges Sandwich zusammen. Der Hund sollte nicht danach japsen, hoffte Kalle. Aber auch hier irrte er. Sein Rauhaardackel gab die bereits sattsam bekannten Wimmertöne von sich, bis Karlheinz Pressler sie nicht mehr ertragen konnte. Auch dieses Frühstück teilte er mit seinem neuen Mitbewohner. Kalles Geschmack an Kaffee und Süßem tat das keinen Abbruch.

„Jetzt will er bestimmt, dass ich mit ihm Gassi gehe", dachte Kalle völlig zu Recht.

Er zog sich wieder an, öffnete die Tür und tatsächlich folgte ihm der Hund auf dem Fuß. Sie gingen zusammen wieder in den Park. Es war weniger kalt als noch vor zwei Tagen, obschon der Himmel bedeckt war. Ein atlantischer Westwind sorgte für milde Luft. Überall lagen von den Laubbäumen abgefallene Zweige und Äste auf dem Gras und auf den Wegen. Hier hoffte Kalle, den Dackel endgültig loszuwerden. Er warf mit Hölzern nur so um sich. Seine langen Arme halfen ihm dabei. Ein besonders handliches Stück schleuderte er so fest er es nur vermochte. Gleich als der Hund losgerannt war, rannte auch Kalle wieder, allerdings in rechtem Winkel so weit von seinem ungebetenen Gast weg, wie er konnte. Obwohl fast keine Zuschauer zugegen waren, rannte er langsamer als gestern. Es war ihm wieder peinlich.

Am Ende des Parks stand ein Blumenladen, der jeden Werktag offen hatte, um die Bedürfnisse einer galanten Laufkundschaft zu befriedigen. Schon vor der Eingangstüre wucherte die Pflanzenpracht tropischer Gummigewächse und bot dem flüchtigen Kalle willkommene Deckung. Im Geschäft selber wurde es noch grüner als auch schon im Park. Karlheinz Pressler fühlte sich wunderbar sicher. Er grüßte die Verkäuferin, die sich erbot, ihm seine dekorativen Wünsche zu erfüllen und erkundigte sich brav nach dem Preis eines besonders ausgewachsenen Flaschenbaumes, hinter dessen filigran verknotetem Stamm er Schutz gefunden hatte. Es roch nach Orchideen und Chlorophyll. Natürlich hatte er nicht die geringste Absicht, irgendetwas zu kaufen, und das merkte auch die Verkäuferin. Aber Kalle lächelte so charmant, dass das Blumenmädchen vor ihm dahin schmolz. Die neue Rolle als Frauenheld sagte ihm zu, vor allem weil er frei hatte. Müßige Tage sind wie geschaffen für einen Flirt. Er arbeitete daran, den kundigen Pflanzenfreund zu mimen. Damit das glücken konnte, versuchte er, möglichst nur wenige, aber fachlich korrekte Sätze von sich zu geben. Es gelang ihm bloß leidlich, aber sein Gegenüber schien ob des angeregten Gesprächs regelrecht aufzublühen.

Doch die Realität holte ihn wieder ein, denn von der Seite hatte sich ein vierpfotiges Wesen angeschlichen, machte wedelnden Schwanzes auf sich aufmerksam. Aus seinem Maul ließ der Rauhaardackel nebst einigem schlabbrigen Geifer ein Stück Holz auf die strahlend weißen Steinplatten des Blumengeschäfts fallen. Der Hund erwartete ein Zeichen der Anerkennung für seine Leistung. Kalle fürchtete Manifestationen der Missbilligung von Seiten der Verkäuferin. Aber zunächst geschah nichts. Das freundliche Lächeln der Blumenfachfrau blieb unverändert frisch erhalten, und der Hund wedelte dazu.

„Ist das Ihrer", fragte sie.

„Nein, äh, ja", gab Kalle zur Antwort.

Leugnen erschien ihm jetzt sinnlos, obwohl er nicht genau wusste, ob er wirklich korrekt geantwortet hatte. Eigentlich gehörte ihm der Hund ja nun doch nicht. Jetzt, wo dieser neben ihm lag, fühlte er so etwas wie väterliche Verantwortung. Außerdem gehörte es sich für einen Gentleman nicht, die Wahrheit zu leugnen. Oder etwas abzustreiten, was augenfällig schien. Der Hund hatte nun mal etwas mit ihm zu tun, und sei es nur für zwei, drei kurze Augenblicke. Aus den kurzen Augenblicken waren aber mittlerweile 24 Stunden geworden, was Kalle doch langsam beunruhigte. „Was für ein süßer Kerl", säuselte die Verkäuferin.

Ihr Lächeln spiegelte sich in einem scheinbar tief aus seinem Innersten strahlenden Kalle Pressler wieder.

Kalle empfand nicht ganz so. Die Situation erforderte jedoch auch eine gewisse Souveränität, und so sagte er: „Ja, ja" und erschrak dabei fast über seine eigenen Worte.

Fast eine halbe Minute lang brachte er danach keinen Ton hervor. Dann kaufte er aus purer Verlegenheit eine Topfpflanze und ließ sie sich einpacken. Der Hund begutachtete von unten den Tauschhandel. Er schien alles zu billigen. Kalle brachte jetzt gar nichts mehr aus sich heraus. Er konnte sich nur noch brav verabschieden und ging bedächtig zum Ausgang. Der Hund folgte ihm mit gesenktem Kopf. Als sie draußen waren, ähnelten die beiden Don Quixote und Sancho Pansa. Der noch recht kahle Park war ihre Mancha.

Kalle Pressler mochte die kleine Blumenverkäuferin. Gerade deshalb hatte es ihm die Sprache verschlagen. Das machte ihn jetzt im Nachhinein traurig, was sich zwar in seiner Köperhaltung ausdrückte, nicht aber in seinem Gesicht. Darin dominierte immer noch das steifgefrorene Lächeln. Lediglich der Hund blickte traurig drein und passte sich damit treu dienend dem Seelenzustand seines neuen Herrn an. Der Kontrast zwischen Kalles Körperhaltung, dem spiegelbildlichen Verhalten des Hundes und dem gefrorenen Lächeln weckte die Sympathien aller Passanten, denen das Paar begegnete.

Eine Gruppe kleiner Kinder zankte sich lauthals im Park, weil der eine dem anderen den Ball stibitzt hatte. Sie balgten sich untereinander, als ginge es um ihr letztes Spielzeug. Als der hagere Mann mit dem süßen Lächeln und der traurige Hund mit dem schleppenden Watscheln auf sie zukamen, war plötzlich der ganze Zank vergessen. Sie betrachteten das in Größe und Gesichtsausdruck so ungleiche Paar und fingen alsbald an, herzhaft zu lachen, wobei sie gar nicht so genau wussten, warum. War es der Kontrast zwischen dem traurigen, alten Hund und dem strahlenden, jungen Mann? Oder aber einfach nur dessen gütiges Lächeln, das tief aus dem Innersten zu kommen schien? Sie waren auf jeden Fall von den beiden dermaßen angetan, dass sie ihnen nachliefen, kaum waren Kalle und sein Hund vorbeigegangen. Sie folgten Kalle nach wie dem Rattenfänger von Hameln. Und der Kalle, der noch immer seinen Gedanken um die Blumenverkäuferin nachhing, wusste nicht, was er tun wollte und drehte gleich mehrere Runden im Park. Ohne Leine folgte ihm sein treuer Hund. Danach kamen noch ein paar Kinder. Mittlerweile waren es deren sieben. Ein Zwillingspärchen, das im Park spielte, hatte sich der Fünfergruppe angeschlossen. Sie alle warteten nur darauf, dass sich Kalle umdrehte oder wenigstens von der Seite zeigte, um jedesmal in lautes Kichern auszubrechen. Pressler, der ja mittlerweile einiges gewohnt war, kümmerte sich nicht so sehr um seinen großen Anhang. Eher dachte er an den Hund. Wie konnte er den bloß loswerden? Er schaute nach unten, und sein Bello schaute treuherzig zu ihm hoch. War da nicht ein zustimmendes melancholisches Lächeln um die Schnauze herum? Kalle Pressler überkam zum ersten Mal so etwas wie Respekt vor den Kreaturen. Was ihm an dem Hund gefiel, war dessen direkte unverblümte Art.

Da war kein Platz für lange Umwege, Lamentieren und Klagen. Der Hund kläffte seine Meinung frisch und fröhlich von der Leber weg heraus, wenn er etwas begehrte. Wenn er etwas besonders stark wollte, schnappte er einfach danach. Und wenn er etwas nicht wollte, dann blieb er einfach sitzen und wedelte mit dem Schwanz. Das beeindruckte den unfreiwilligen Hundehalter. Er fing an, diese Lebensart zu bewundern.

Kalle Pressler hatte durchaus ein wenig den Ruf des Bilderstürmers, aber im Vergleich zur Freiheit, die sich ein Hund nahm, fühlte er sich eingeengt wie ein Strafgefangener, immer Gefahr laufend, dem strengen Blick Frau Radkes nicht zu genügen. Gundula Radke war der Inbegriff seines schlechten Gewissens. Sie lag ihm so schwer in der Seele, dass er bereits einige Male nachts von ihr geträumt hatte. Durchnässt war er dann aufgewacht und hatte sich geärgert darüber, dass es ausgerechnet sie war, die ihn um den Schlaf gebracht hatte. Sie spielte den Kontaktbereichsbeamten, den Schutzpolizisten, die Staatssicherheit, alles auf einmal. Das war zu viel für Kalle Pressler. Am schlimmsten fand er ihre unsichtbare Präsenz. Ein ums andere Mal hörte er oder glaubte er das Klicken des Falldeckels des Türspions zu vernehmen und zwar immer dann, wenn er an ihrer Wohnung vorbeiging. Schon getraute er sich nicht mehr, normal den Flur entlang zu streifen. Zunächst hatte er es schleichend probiert. Das empfand er erniedrigend. Dann ging er eher in die Offensive; im Paradeschritt an der Türschwelle vorbei. Das probierte er nur einmal, schon kam ihm sein Gehabe lächerlich vor. Wie ein Zinnsoldat vor Frau Radkes Türspion zu stolzieren, das war dann doch zu viel der Ehre für die alte Glucke. Es musste wohl noch eine andere Gehart geben. Nur Kalle Pressler fiel sie nicht ein. Ein ums andere Mal fand er nicht die richtige natürliche Fortbewegung, sobald er auch nur in die Nähe von Frau Radkes Haustür kam. Er verkrampfte geradewegs.

Wie anders machte es da der Hund. Er streunte einfach wie beiläufig an der Tür vorbei, würdigte sie keines Blickes. Das Problem Radke existierte für ihn einfach nicht. Mit wie viel Nonchalance schaffte es der kleine Kerl, allen Unbilden zu trotzen. Wobei sich Kalle Pressler alle Unbilden nur einbildete. Für den Hund existierten sie einfach nicht. Dennoch erheischte das tierische Verhalten bei Kalle die größte Bewunderung. Umso mehr, als am ersten Tag von Kalles unfreiwilliger Herrschaft, Bello, so nannte ihn Pressler einfach nach der ersten gemeinsam verbrachten Nacht, vor Gundula Radkes Wohnungstür unvermittelt, unerwartet und vor allem ohne jede Scham das Beinchen hob. Kalle Presslers Idee, seine eigene Tür über Nacht einen Spalt offen zu halten, war in doppelter Hinsicht ein Flop geworden, eine Dilettantennummer. Der einzige Erfolg seiner Taktik war, dass die ohnehin uringelbe Haustür der Hausmeisterin in den frühen Morgenstunden einen zusätzlichen Farbstich abbekam.

Als Herr und Hund aus dem Park gingen, ließen auch die Kinder von den beiden ab. Kalle versuchte jetzt nicht mehr, den Hund loszuwerden. Wie beiläufig kamen sie an Frau Radkes Wohnungstür vorbei. Als sie in seiner Wohnung angekommen waren, öffnete Kalle eine Dose Würstchen, obwohl ihm eigentlich nicht schon wieder der Sinn danach stand. Aber Kalle hatte Freude daran, seinem Bello zuzugucken, wie dieser freudig danach schnappte. Das geplatzte Würstchen aus der anderen Dose hatte der Dackel bereits dankbar angenommen. In kurzer Zeit entwickelte sich so eine Männerfreundschaft, denn Bello war ein Rüde. Immer häufiger kochte Kalle Pressler für zwei oder besser gesagt anderthalb Personen, denn der kleine Rauhaardackel aß zwar für zwei, aber er war dennoch nur eine viertel Portion.

An der schwer verdaulichen Quiche, die Karlheinz Pressler am Abend noch zusätzlich in den Backofen geschoben hatte, lag es nicht, dass Kalle am nächsten Morgen wieder etwas verknittert aufstand. Nein, er hatte wieder von der Radke geträumt und das, obwohl er doch gestern so beiläufig und ungehemmt an ihrer Tür vorbeigekommen war. Gundula, die Grausame, hatte in seinen wüsten Träumen Bello entführt. Sie griff sich den Dackel mit ihren kräftigen Pranken, nahm ihn in eine Art finstere, altertümliche Waschküche und ertränkte ihn in einem Wäschezuber. Als ob das nicht reichte, quetschte sie ihn in einer weiteren unruhigen Schlafphase Kalles mit dem Kopf zwischen Wohnungstür und Hauswand ein und schmetterte mit einem vehementen Handschlag die Eisentür zu.

Als Kalle Pressler aufwachte, wusste er nicht, ob er jetzt ausgeschlafen hatte, oder ob ihn lediglich die üblen Träume aus der verdienten Nachtruhe gerissen hatten. Sein Federbett war klamm vor Schweiß. Er schaute sich um und wurde plötzlich von Panik erfüllt. Wo war sein Bello? Die Nacht zuvor hatte er sich noch lautlos vom Esszimmer bis zum Fuß seines Bettes bewegt und war dort eingeschlafen. Jetzt fehlte er an beiden Orten. Auch in der Küche, wo Kalle sofort nachschaute, war der Hund nicht anzutreffen. Kalle fürchtete das Schlimmste. Raub, Entführung, Erpressung lagen für ihn im Reich des Möglichen. Er sah sich als potentielles Opfer einer Verschwörung. Wahrscheinlich steckte die Radke dahinter. Was mag sie dem armen Hund wohl zugefügt haben, wo mag sie ihn versteckt halten? Karlheinz Pressler bereute es plötzlich, diese Nacht die Tür nur mit der Kette gesichert zu haben. Wahrscheinlich war der Hund mit den Vorderpfoten auf die Türklinke gesprungen, hatte sich kurz aus der Wohnung geschlichen und war dann im Flur von seiner Widersacherin aufgegriffen worden, wie eine leichtfertige Beute von einem Raubtier. Er wollte zum Telefonhörer greifen, merkte aber, dass das nicht der richtige Weg war. Wem hätte er was genau sagen sollen? Etwa, dass „sein Hund" ausgebüchst und wahrscheinlich entführt worden sei? Er gehörte ihm ja eigentlich nicht.

Kalle brauchte jetzt als erstes einmal frische Luft, um klar denken zu können. Er zog sich rasch etwas an. Seine Jeans streifte er direkt über die Pyjamahose. Das Oberteil seines Schlafanzugs ersetzte er durch einen Fleezepullover und einen grünen Parka. Da stand er nun im Freien und atmete die frische Morgenluft ein, wobei er den Kopf in alle Richtungen drehte. Diese Prozedur wiederholte er im Erdgeschoss und auf dem Trottoir vor seinem Mietshaus, und als sollte sein Bemühen beim magischen dritten Male belohnt werden, glaubte er fest daran, dass Bello jetzt um die Ecke gewatschelt kommen müsste. Aber leider tat sich nichts. Nicht jeder Ritus führt unmittelbar zum Erfolg. Kalle hatte Bello aber noch nicht abgeschrieben. Er ging zurück in die Wohnung und zog sich erst einmal ordentlich an. Dann blickte er aus dem Fenster. Auf dem Rasen in seinem Hinterhof tat sich nichts. Kalle stierte noch eine Weile lang stumm nach draußen, dann entschloss er sich, zur Polizei zu gehen.

Das Polizeibüro lag nur zehn Minuten zu Fuß von Kalles Wohnung. Als er seine Verlustanzeige machte, schaute ihn der diensthabende Beamte etwas schräg an, und dazu verdrehte er tatsächlich leicht den Kopf.

„Hat ihr Hund denn eine Marke?", wollte der Polizist wissen.

„Nein keine besonderen Kennzeichen", gab Karlheinz Pressler naiv zu Protokoll.

„Ich meine, eine Hundemarke", erwiderte der Beamte.

Daran hatte Karlheinz Pressler nicht gedacht. Er versuchte, sich zu erinnern. Ihm schien, als hätte Bello ein kleines metallenes Schild um den Hals gehabt. Oder etwa doch nicht? Wenn er eine Hundemarke gehabt hätte, wäre es ihm doch sicher aufgefallen. Auf alle Fälle, war es besser, nein zu sagen.

„Nein", antwortete Kalle.

„Sie wissen aber doch, dass das Vorschrift ist..." Der Beamte senkte bedrohlich die Stimme.

„Der Hund ist mir erst übers Wochenende zugelaufen."

„Aha", meinte der Polizist nur, und dabei war nicht mehr auszumachen, ob das eine Ermahnung, Verwarnung oder beteiligungslose Form der Zustimmung sein sollte.

Kalle hatte seine liebe Not, sich zu erklären. Dass er einen, ihm zugelaufenen Hund nach so kurzer Zeit als vermisst meldete, schien ihm auf einmal selbst seltsam.

Da legte der Polizist plötzlich eine Symphonie von Anschlägen auf seiner Schreibmaschine vor und zerstreute alle Bedenken Kalles mit seinem eilfertig getippten Protokoll. Kalle gab den eigenen Namen, Adresse und eine Hundebeschreibung an, deren einziges Charakteristikum „Rauhaardackel" hieß.

Das Protokoll nahm Zeit in Anspruch. So viel, dass Kalle anfing, unruhig den unbequemen Holzstuhl, auf dem er Platz nehmen musste, abwechselnd nach vorn oder hinten zu ruckeln, immer auf der Suche nach einer imaginären bestmöglichen Standposition oder besser Sitzposition. Eine ganze Stunde verbrachte er damit, bereitwillig die ihm abverlangten Auskünfte zu geben, was auch damit zusammenhing, dass der Beamte seine akribische Tätigkeit immer wieder unterbrechen musste, um zum Telefon oder zum Schalter zu gehen und Auskünfte zu geben. Karlheinz Pressler ließ die Prozedur über sich ergehen. Als der Beamte aber länger weg blieb, da fielen Kalles wandernde Augen auf einen Metallschrank, über dessen oberer Ablage anderthalb Dutzend Polizeiautos standen. Das waren kleine Spielzeugwagen zu Werbezwecken. Auf der linken Wagenseite stand „Dein Freund", auf der Beifahrerseite „und Helfer". Auf dem Kofferraum der grünen Limousine prangte „Polizei". Kalle war fasziniert. So etwas hatte er noch nie gesehen. „Das sind Werbegeschenke für unsere Mitbürger", rief der Polizist voller Enthusiasmus, als er zurückkam und bemerkte, dass Kalle wie magnetisiert auf die Schrankablage stierte.

„Darf ich eins haben – für meinen Neffen?", flunkerte Karlheinz, denn er hatte gar keinen, aber er wollte unbedingt eines der kleinen Spielzeugautos als Souvenir mitnehmen.

Der Polizist zögerte einen Moment. Dann entschloss er sich zu einem Akt der Großzügigkeit. Er griff persönlich nach dem ersten Fahrzeug von links und reichte es seinem Gast. Der dankte, wie es sich gehörte und zog mit seinem Auto in der Linken und einer Abschrift des Protokolls in der Rechten ab.

„Blicken Sie nicht so traurig drein, wir finden Ihren Liebling schon wieder", gab der Freund und Helfer ihm noch ermunternd mit auf den Weg.

Kalle ging über die Einbahnstraße Richtung Fußgängerzone. Er traf auf heftigen Autoverkehr, querte geschwind und bog in die Einkaufsmeile ein. Als wollten alle Leute sich dafür rächen, dass die Geschäfte am Sonntag geschlossen waren, herrschte ein Andrang wie in der Vorweihnachtszeit. Die letzten Worte des Polizisten waren wirkungslos in Kalle Presslers Ohr verhallt. Er blickte beiläufig in die Glasvitrine eines Brillengeschäfts, dessen Auslagen in der Mittagssonne funkelten. Tausend gebogene Glasflächen blickten Kalle an. Da sah er in einem der vielen kleinen Spiegel, dass er nicht mehr lächelte. Die Spannung in seinem Gesicht hatte nachgelassen, die Kinnladen hingen schlaff nach unten. Ein leicht melancholischer Ausdruck ergab sich daraus. Er passte genau zu Kalle Presslers Stimmung. Er umgriff mit der Linken seine Mundwinkel. Tatsächlich: die Haut fühlte sich schlaff an. Kalle war weder erleichtert noch traurig darüber. Er stellte nur fest, dass alles wieder wie früher zu sein schien und ging ein paar Meter weiter. Er befand sich jetzt wieder an derselben Stelle, wo er vor zwei Tagen den Chihuahua getroffen hatte, oder besser wo der Chihuahua auf ihn traf. Neben dem Bürgersteig saß dort ein kleiner Junge. Er weinte bittere Tränen, weil ihm sein Spielzeugauto in den Abwasserschacht gefallen war. Mit der rechten kleinen Hand versuchte er, in dem schwarzen rechteckigen Hohlraum unterm Trottoir danach zu schnappen, während seine Mutter ihn an der Linken zurückhielt. Sie musste stark ziehen, denn der Junge schien förmlich in den Gulli kriechen zu wollen. Während er mit der freien Hand in dem Loch herumfuchtelte, beschrieb auch die Mutter mit ihrem freien Arm hektische Kreisbewegungen. Dazu plärrte der Kleine ohrenzerreißend. Als Kalle Pressler eher zufällig als beabsichtigt die Szene betrat, hob das Geschrei noch lauter an. Da fühlte er sich regelrecht verpflichtet, einzuschreiten. Er ging auf den kleinen Jungen zu und bückte sich tief hinunter auf das Straßenniveau.

„Wo fehlt's denn mein Kleiner?", fragte er, aber statt einer klaren Antwort gab der Junge nur „Ihammeihauudovelohre" von sich. Da griff Kalle mit seiner rechten Hand in die Hosentasche und zog das eben erst erschnorrte Polizeifahrzeug heraus. Sein Erfolg war durchgreifend. Der Junge akzeptierte das Polizeiauto sofort als vollwertigen Ersatz und hörte auf, zu heulen. Wieder hatte Karlheinz Pressler eine kleine Menschentraube um sich geschart. Sie schien ihm leise zu applaudieren. Auf alle Fälle war ihm der positive Zuspruch seines Publikums gewiss. Eine ältere Dame bückte sich ebenfalls ein Stück weit zu dem Kind hinunter.

„Das war nett von dem Onkel, gell?", flüsterte sie dem Bübchen ein. Das nickte zustimmend und streckte ihr stolz sein Geschenk entgegen. Jetzt strahlte er wieder, und auch Kalle konnte seine Freude nicht verhehlen. Er nickte der Mutter kurz mit dem Kopf zum Gruße zu. Das wirkte sehr elegant und weltmännisch, und die Menschen, die sich um die Szene herumgestellt hatten, nickten gleichzeitig alle ebenfalls mit den Köpfen. Da hatte jemand wirklich die richtige Tonlage gefunden. Dieser nette Onkel schien wirklich ein Meister seines Faches zu sein.

Kalle Pressler machte sich auf den verdienten Nachhauseweg. Er querte stolz und mit kräftigem Schritt mehrere Straßenzüge und dachte an den heutigen Nachmittag. Er würde wieder Paletten von einer Ecke in die andere fahren und ihren Inhalt in Regalreihen auf unterschiedlicher Höhe verteilen. Im Geist fuhr er bereits die Gänge seines Betriebes ab, als er neben sich auf Fußhöhe etwas Braunes aus den Augenwinkeln heraus zu bemerken glaubte. Da war er ja wieder, sein, wenn auch nur kurz, aber dafür umso schmerzlicher vermisster Bello.

Kalle hüpfte innerlich vor Freude über den wiedergefundenen Freund. Er bückte sich intensiv bis zum Asphalt hinunter und hielt die Hände nach oben gedreht in Erwartung seines treuen Begleiters, stellte sich dann aber gleich wieder aufrecht und beschloss, den Hund lieber in der Pose des Meisters zu erwarten. Bei allem was recht war, die Haltung musste stimmen, denn er kannte ihn ja gerade mal 48 Stunden. Dann drehte sich Karlheinz Pressler um und ging weiter zu seiner Wohnung. Der Hund folgte ihm auf dem Fuße. Kalle fragte sich, ob es nicht besser wäre, die Polizei zu verständigen, denn eines war ihm klar: Der Hund war etwas Besseres, wohl doch kein einfach dahergelaufener Straßenköter, kein billiger Promenadenmischling, und er gehörte ja nun wirklich nicht ihm.

Als sie wieder in der gemeinsamen Behausung waren, ließ Kalle Pressler zunächst gut Ding Weile haben und kochte einen extrastarken Kaffee. Denn er sollte langsam zur Arbeit. Am Nachmittag musste er ran. Aber er wusste auch, dass er dadurch erneut ein Problem hatte. Was sollte er mit Bello machen? Ihn in der geschlossenen Wohnung zu lassen, ging schlecht. Weiß der Teufel, was der anstellen würde; ihn draußen auf gut Glück herumrennen zu lassen, wäre mittlerweile ein Verstoß gegen Karlheinz Presslers Prinzipien gewesen. Der Hund war ihm zu sehr ans Herz gewachsen. Er hätte ja überfahren werden können. Oder die Radke hätte ihm tatsächlich etwas antun können. Aber wer sollte sich in seiner Abwesenheit um ihn kümmern?

In der Not konnte man auf Tante Ilse zählen, das wusste Kalle Pressler, und so rief er sie an. Tante Ilse erklärte sich bereit, auf Kalles neuen Mitbewohner aufzupassen. Das wollte sie aber nur bei sich zuhause tun, und so musste Kalle seinen Bello bei ihr auf dem Weg zur Arbeit vorbeibringen. Tante Ilses Wohnung lag fast genau auf seiner Linie. Kalle schnappte sich seinen Seemannssack und machte sich auf. Der Rauhaardackel folgte wie immer ohne Leine in knappem Abstand. Sie brauchten nur vier Straßenzüge zu queren, schon standen sie vor Tante Ilses Klingel.

„Oh, was für ein süßer Fratz", meinte sie sofort, als sie den Hund sah.

„Wo hast du den nur her?"

„Er ist mir zugelaufen", gestand der Neffe.

„Oh, dann gehört er vielleicht jemandem, auch wenn er keine Hundemarke hat", warf Tante Ilse ein.

Sie begann fast jeden Satz mit einem langgezogenen Oh.

„Emm", meinte Kalle nur.

Tante Ilse begutachtete den Hund etwas genauer. Vor sich hatte sie einen durchaus gepflegten Rauhaardackel mit treuen braunen Augen und einem etwas müden Blick, als hätte das brave Tier die Nacht durchzecht. Sie zog die Augenbrauen nach oben und meinte: „Oh, das ist doch Benno, der Hund von Frau Komischke!"

Frau Komischke war eine sehr gute Bekannte von Tante Ilse. Die beiden älteren Damen luden sich regelmäßig gegenseitig zum Kaffee ein, wobei Frau Komischke ihren Hund nur ein einziges Mal mitgenommen hatte. Er war nämlich auch für sie neu. Gekauft hatte sie ihn bei einem Tierhändler, und wohl deshalb hatte er noch keine Marke. Dass er überhaupt ausbüchsen konnte, war nicht nur einem Moment der Unachtsamkeit Frau Komischkes zu verdanken, sondern trotz seines mittleren Alters seinem noch immer jugendlichen Temperament. Die Abenteuerlust war einfach mit ihm durchgebrannt.

„Frau Komischke kommt heute Nachmittag zum Kaffee vorbei", fügte Tante Ilse hinzu.

Diese Mitteilung sollte wie ein Damoklesschwert über Kalle Pressler hängenbleiben. Schön wäre es, wenn sich Tante Ilse irrte. Aber leider gehörte sie was Pünktlichkeit, Genauigkeit, generell Verlässlichkeit anbelangte, zur alten Garde. Kalle fürchtete, dass er seinen neuen Kameraden nicht mehr lange behalten dürfte. Er verabschiedete sich von Bello und Tante Ilse bis zum Abend und machte sich mit einem mulmigen Gefühl im Bauch auf den Weg zur Arbeit. Während der paar Minuten, die er noch brauchte, um die ebensolange Strecke bis zu dem großen Logistikunternehmen, für das er arbeitete, zurückzulegen, fasste er wieder Mut. Doch: Selbst Tante Ilse konnte sich irren. Hatte sie sich nicht letztes Jahr in seinem Geburtstag vertan und ihm den Wollpullover zwei Tage zu früh geschenkt? Sie hatte den Siebzehnten mit dem Fünfzehnten vertauscht. Die Gute war also nicht unfehlbar. Und wenn der Hund wirklich einer ihrer Freundinnen oder Bekannten gehörte, warum war er dann ausgebüchst?

Am Firmentor angelangt, grüßte Kalle freundlich, so wie er immer grüßte, schien es ihm. Umso erstaunter war er, über die Reaktion seiner Mitarbeiter. Zunächst war da der Pförtner, der ihn fast anstrahlte.

„Ist der zum anderen Ufer übergetreten", fragte sich Kalle, lächelte ihm aber dennoch freundlich entgegen.

Selbst wenn der Torsteher homosexuell geworden wäre, gäbe es keinen Grund, nicht nett zu ihm zu sein. Dann lief Kalle Frau Schulze über den Weg.

„Einen schönen guten Tag", wünschte Pressler.

Das kam vollkommen natürlich wie ein ruhiger Atemzug aus seinem Mund.

„Ja guten Tag Herr Pressler, prima sehen Sie aus", erwiderte Frau Schulze. Kalle schwang das rechte Bein nach oben auf die Schwelle des Haupttores zur Verteilzentrale. Mit einem Bein in der Luft machte er eine elegante Drehung, danach landete sein rechter Fuß maßgenau auf der ersten Treppenstufe.

„Prima, sehe ich aus", sagte Kalle im Geiste zu sich selbst.

Er drehte sich in einem Teufelskreis. Je mehr er auf die Menschen zuging, umso häufiger ließen die ihn spüren, er sei ein Gentleman vom Scheitel bis zur Sohle. Das wiederum inspirierte Kalle zu höchsten Leistungen. Außerdem fühlte er sich nicht mehr allein. Vom neuen Elan sollten auch seine Arbeitskollegen profitieren. Den Gabelstapler fuhr er heute mit einer solchen Sicherheit und Lässigkeit, dass Paul, sein Vorarbeiter, sogar vor Begeisterung in die Hände klatschte. Den Hund hatte er während der Arbeit, die ihm ausgesprochen Spaß machte, ganz vergessen. Erst als der Feierabend nahte, dachte er wieder an ihn. Kalle machte sich auf den Nachhauseweg, mit dem sicheren Gefühl, ihn bei Tante Ilse in guter Obhut zu begrüßen. Er freute sich wie ein kleines Kind, dem man sein Lieblingsspielzeug wieder unter den Tannenbaum gelegt hatte. Kalle fing zu pfeifen an. Sonst tat er das nie. Er lief zielstrebig auf Tante Ilses Wohnung zu.

„Das ist mein Hund, und niemand kann ihn mir wegnehmen", sinnierte er für sich, und seine Gedanken steigerten sich zur Gewißheit, je näher er zu Tante Ilses Heim kam.

Sie hatte bestimmt sehr gut auf seinen Liebling aufgepasst. Sie wohnte in der letzten Etage eines fünfstöckigen Wohnhauses. Das Gebäude war um einiges vornehmer als das von Kalle. Er klingelte und wurde umgehend hereingelassen. Bereits im Aufzug glaubte Karlheinz Pressler das freudige Bellen seines neuen Freundes zu vernehmen. Als er hinter die Schwelle ihrer Wohnungstür getreten war, sprach Tante Ilse zu ihm, wie sie es seit über dreißig Jahren hin und wieder getan hat: „Kalli, komm doch mal nach hinten in den Wintergarten!"

Sie hatte in ihrer Eigentumswohnung den betonierten und armierten Balkon zu einer einladenden Glasveranda ausbauen lassen und darin ein kleines grünes Paradies gezüchtet. Ein großer Bistrotisch spreizte einladend seine weißen Marmorflanken. Auf einer strahlend weißen, gehäkelten Tischdecke standen Kaffee und Kuchen. Frau Komischke bediente sich an einem Stück Schwarzwälder Kirschtorte. Bello war nirgends zu sehen.

„Guten Tag", sagte Kalle artig.

„Darf ich dir Frau Komischke vorstellen?", erfüllte seine Tante ihre Pflicht.

„Guten Tag, junger Mann", sagte Frau Komischke.

Sie war eine Dame wohlgesetzten Alters. Über einem weißen Seidenhemd mit abgestepptem Rüschenkragen trug sie eine mit Goldfäden durchwirkte beige Wollweste. Frau Komischkes hohe Wangenknochen hielten das Fleisch nur noch mit Mühe an der oberen Gesichtshälfte. Dadurch ähnelte die nette alte Frau trotz aller Staffage einer Bulldogge.

„Das ist aber sehr lieb von ihnen, dass Sie mir meinen Benno wiedergebracht haben."

Bei diesem Satz aus dem Munde der gepflegten Dame verflog Kalles gute Laune mit einem Schlag. Entgeistert schaute er der Bulldogge ins Gesicht. Gleichzeitig vernahm er ein rhythmisches, schnelles Geräusch wie aus dem Dampfkessel einer Spielzeuglokomotive. Er konnte seinen Bello nicht sehen, weil der sich unter der Tischdecke vor den Ferragamoschuhen der alten Dame versteckt hatte. Karlheinz beugte sich nach unten. Jetzt konnte er dem Hund in die treuen Augen sehen. Teilnahmslos blickte der Benno zu ihm hoch. Karlheinz war tief enttäuscht. Da saß „sein" Bello wie selbstverständlich friedlich einer wildfremden Frau zu Füßen. Dazu wedelte er zufrieden mit seinem Schwanz.

„Sie haben sich wohl sehr liebevoll um ihn gekümmert?", sagte die wahre Besitzerin.

Ihre rhetorische Frage tat Kalle im Herzen weh. Ihm war doch eigentlich der Hund zugelaufen und hatte klammheimlich für einen offenbar längst fälligen Besitzerwechsel gesorgt. Allerdings machte Bello keine Anstalten, die neue Herrschaftsordnung durch energisches Auftreten zu manifestieren. Schlimmer noch: Er ließ sich von der schlabbrigen Alten ohne Widerspruch den Nacken graulen. Kalle spürte den brennenden Schmerz des enttäuschten Liebhabers.

„Junger Mann, ich möchte mich bei Ihnen bedanken", unterbrach Frau Komischke die bedrückende Stille, und sie kramte, ohne den Blick auf Kalle Pressler zu verlieren, in ihrer Handtasche herum, die sie links neben sich auf die weiße Tischdecke gestellt hatte. Es dauerte ein paar Sekunden. Dann zog sie etwas Glänzendes hervor. Mit Zeigefinger und Daumen jeder Hand hielt sie ein Goldcollier. Ein Sonnenstrahl, der sich durch die Glasfronten des Wintergartens an den Balkonpflanzen vorbeigeschlängelt hatte, brachte das Halsband zum Glühen. Da die Sonne bereits recht tief stand, schimmerte das Schmuckstück leicht rötlich.

Kalle verstand nicht recht. Wollte ihm die alte Dame etwa ein Halsband vermachen? Jetzt schien Kalli sogar leicht zu erröten.

„Das gehörte einst meinem Collie. Er war auch so ein lieber Bursche", sagte die galante Dame, und es wurde nicht so ganz klar, ob sie damit Karlheinz Pressler oder ihre dahingeschiedene erste Hundeliebe meinte.

Frau Komischke streckte die Hand aus und erwartete, dass Kalle nach dem Halsband schnappte. Der aber schaute ihr nur völlig verdutzt ins schlaffe Gesicht.

„Nehmen sie es nur. Für Benno ist es ohnehin zu groß", forderte sie Kalle auf.

Der streckte zögernd die Hand aus. Dabei wagte er es nicht, die Handfläche nach oben zu drehen. Seine Rechte lag, wie zum Händeschütteln bereit, nach vorne hin gehalten.

Die alte Dame ließ das kalte Schmuckstück ganz behutsam über die Sehne zwischen Kalles Daumen und Zeigefinger gleiten, wo es für kurze Zeit liegen blieb. Karlheinz Pressler tat nichts. Seine Tante stand schräg gegenüber von Frau Komischke und blickte ihn gespannt von der Seite an. Sie hielt den Mund einen Spalt weit offen. Sie wusste, dass ihre Freundin großzügig war, aber dieses Ausmaß überraschte sie doch. Kalles Hand zitterte unmerklich, doch das genügte, um die Kette aus dem Gleichgewicht zu bringen. Als sie anfing, Fahrt aufzunehmen, wusste sich Kalli nicht anders zu helfen, als zuzuschnappen. Jetzt hielt er das Collier halb unfreiwillig in der geschlossenen Faust.

„Tragen Sie es in Ehren", befahl die Komischke.

Trotz der Bestimmtheit in ihrer Stimme lächelte sie mild und großherzig.

„Aber das kann ich doch nicht annehmen", entschuldigte sich der Kalle und blickte zu seiner Tante herüber wie ein kleiner Junge, der die Mutter um Rat anflehte. Tante Ilse senkte ganz langsam den Kopf, was soviel wie

„Oh, Jungchen, das darfst du ruhig nehmen" bedeutete.

Auch Kalle senkte den Kopf, allerdings aus Scham. Aber jetzt hatte er das goldene Ding in der Hand, ja sogar in der geschlossenen Faust. Ein Zurück war schwierig. Kalle blickte noch einmal zu seiner Tante. Auch ihren Mund schmückte ein zartes, mildtätiges Lächeln.

„Vielen Dank", entfuhr es Karlheinz mit gebrochener Stimme, und ihm fiel wirklich nichts Besseres ein.

Wie bei allen teuren Geschenken verlangte die Höflichkeit, es sofort auszuprobieren. Da Kalle nur einen grauen Rollkragenpullover trug, verfehlte das Glanzstück nicht seine Wirkung. Elegant geschwungen schmiegte es sich an Karlheinz Presslers Hals, bildete eine eigene kleine Sonne im Wintergarten.

„Oh, es steht ihm ausgezeichnet", pflichtete Tante Ilse bei.

„So, meine Gnädigste, jetzt muss ich aber gehen."

Frau Komischke gehörte zu den Persönlichkeiten, die einen starken Abgang schätzten. Alles musste für sie Stil haben. Wenn der Triumph oder die Ehre am höchsten ist, sollte man abtreten. So etwas zeugt schließlich von Größe. Sie griff nach den braunen Handschuhen aus Kalbsleder, die sie neben ihre Handtasche gelegt hatte und füllte damit den Raum, den das Goldcollier zurückgelassen hatte.

„Komm, Benno!"

Den Hund brauchte sie nur leicht an der Leine zu ziehen, schon gehorchte er ihr. Ohne Kalle oder dem Hund noch eine Chance für eine Abschiedsszene zu lassen, ging sie auf die Tür zu. Tante Ilse begleitete sie und machte Kalli gegenüber eine Bewegung mit dem Unterarm zu ihr hin, was so viel heißen wollte, wie: „Komm schon lieber Neffe, sag' Frau Komischke auf Wiedersehen!"

Kalle Pressler wäre auch von sich aus auf die Idee gekommen, nur halt mit einer gewissen Verzögerung. Er sagte noch mal artig vielen Dank und duckte sich sogleich zu seinem Bello hinunter. Der war nicht mehr ganz so abwesend wie vorhin, aber auch nicht mehr der liebe, treue Begleiter von neulich. Traurig musste Kalle den Begleiter der letzten zwei Tage ziehen lassen.

„Oh, das ist aber ein unglaublich großzügiges Geschenk, das dir die Frau Komischke da gemacht hat", meinte seine Tante, kaum war die Haustür wieder ins Schloß gefallen.

Kalle nickte und hielt verwundert das Halsband, ohne es auszuziehen, in der hohlen Hand, indem er es kurz unter seinem Kinn hin und her wog. Wahrhaft ein wertvolles Stück, auch wenn es vorher einem Hund gehört hatte. Er sollte sich den ganzen Rest des Tages nicht getrauen, es abzulegen. Erst am Abend befreite er sich von seinem Geschenk. Er legte es neben sich auf das kleine Biedermeiernachttischchen, nachdem er sich in der „Domherrenklause" drei kleine Bier zum Herunterspülen des Frusts genehmigt hatte.

Am nächsten Morgen musste Kalle nicht arbeiten. Er blieb erst eine volle Stunde im Bett liegen und döste vor sich hin. Dann stieg er in den Bademantel und warf die Kaffeemaschine an. Für gewöhnlich brauchte er nur anderthalb, hin und wieder zwei Tassen, um wach zu werden. Dieses Mal dauerte es bis zur dritten Tasse, und selbst da war der Erfolg bloß mäßig. Die Unlust hatte ihn in Beschlag genommen. Er hatte kein Ziel mehr vor Augen. Er nahm die drei Tassen Kaffee nur zu sich, statt sie zu genießen, spülte sie herunter. Dadurch wurde er wach, aber nicht anwesend. Er puhlte mit dem Kaffeelöffel etwas in der Mandelcremetorte, die ihm Tante Ilse gestern als Überbleibsel ihres Kaffeekränzchens mitgegeben hatte. Dann ging er wieder rüber zum Fernseher, verspürte aber keine Lust, ihn anzuschalten. Er schlürfte ins Bad und schaute in den Spiegel. Schlaff hingen Unterlippe und Backen herab. Seine Lähmung war vergessen. Als Kalle Pressler sich so im Spiegel ansah, hatte er das Gefühl, ihm fehle etwas. Nachdem er sich oberflächlich, aber halbwegs sauber, rasiert hatte, zog er ein Paar dunkelblaue Cordhosen an und den rotbraunen Wollpulli von Tante Ilse über. Zusammengenommen fand selbst Kalle seine Kleidung fade, und so ging er zurück in seine Schlafstube. Auf dem kleinen zweistöckigen Nachttischchen lag das Halsband noch genau so wie er es am Abend zuvor ausgezogen hatte. Er legte das Geschenk der Komischke um seinen dürren Hals; schließlich wollte es ja auch benutzt werden.

Er ging zurück ins Badezimmer und betrachtete erneut sein Spiegelbild. Jetzt sah es für ihn schon besser aus. Er traute sich damit auf die Straße.

Zunächst aber musste er am helllichten Tag an Frau Radkes Wohnung vorbei. Wie oft hatte er sich dabei un-

52

wohl gefühlt. Nur mit Bello zusammen war es ihm gelungen, die letzten Male locker und ohne Angst daran vorüber zu huschen. Aber auch diesmal spürte er rein gar nichts. Er lief an der gelb gespritzten Wohnungstür mit ihrem kleinen Guckloch vorbei, als existiere es gar nicht.

Unten auf der Straße begegnete er einer Dame. Er sah schon von weitem, dass sich ihre Wege kreuzen würden, und da er mittlerweile einen höflichen und zuvorkommenden Umgangston pflegte, machte er sich schon bereit, als erster zu grüßen, so wie es sich für jemanden mit guter Kinderstube gehörte. Die junge Dame kam allmählich näher, bemerkte aber Kalle Pressler noch nicht, da sie den Blick weit in die Ferne gerichtet hatte. Da war sie wieder, die Blumenverkäuferin von vor zwei Tagen. Kalle hüpfte innerlich vor Freude und vergessen war auf einmal seine Schüchternheit. Einen Hut zum Grüßen trug er noch immer nicht, aber ehe sich ihre Wege kreuzten, lächelten die beiden zeitgleich, als hätte man ihnen dazu das Kommando gegeben.

„Hallo, wie geht es Ihnen?", sprudelte es ganz spontan und natürlich aus Kalles Mund heraus.

„Ah, sie sind es", gab das Mädchen zur Antwort, um gleich nachzufragen: „Was macht denn ihr kleiner süßer Dackel?"

„Ach ja, wissen Sie, er war mir eigentlich nur zugelaufen. In der Zwischenzeit konnten wir den wahren Besitzer ausfindig machen."

„Oh", sagte das Blumenmädchen, dem dazu nicht allzu viel einfiel.

Kalle dachte sofort an Tante Ilse. Dann faßte er sich ein

Herz und lud sein Blumenmädchen spontan zum Kaffee ein. Auch sie hatte heute frei und nahm die Einladung dankend an. Sie gingen zusammen ins Kaffee Mohren, und dort erzählte Kalle seiner Angebeteten die kleine Geschichte von Bello. Sie verabredeten sich fürs kommende Wochenende, bei ihr zuhause zum Kochen. Denn Kalle hatte ihr gestanden, dass er seine Liebe zur Gastronomie entdeckt habe.

Noch vor Wochenende telefonierten sie miteinander, und das Mädchen versprach Kalle bei dieser Gelegenheit eine Überraschung. Wie sie aussehen würde, verriet sie nicht. Am Donnerstag ging Kalle noch mal zur Arbeit. Er war mit demselben Elan wie am Dienstag bei der Sache.

„Na Pressler, machen wir jetzt einen auf Dandy?", stichelte ein ihm wenig gewogener Kollege, dem es ein Dorn im Auge war, dass der Hilfsarbeiter aus dem Osten ein Goldkettchen trug. Aber an Kalle prallte das alles ab, wie an einer Gummiwand. Sein Talisman schien ihn gegen alle Unbilden in Schutz zu nehmen. Seine übrigen Kollegen und die wenigen Damen im Betrieb steckte er mit seiner guten Laune an.

„Hättest du gedacht, dass der Pressler so charmant sein kann?", raunten sich Frau Schulze und das Fräulein Köhler zu.

Sein Charme schien aus einer inneren Quelle zu entspringen, und diese Frische zog alte und junge Damen in seinen Bann. Im Speditionsgeschäft war Pressler plötzlich zum Platzhirschen geworden, auch wenn es dort nur zwei Frauen gab. Die hatten plötzlich nur noch Augen für ihn. Kalles Gedanken kreisten aber um die Blumenverkäuferin.

Für Samstagnachmittag hatten sie sich verabredet, und Kalle war ein klein wenig nervös. Er hatte versprochen, die Zutaten für das Hauptgericht mitzubringen und sich damit recht weit aus dem Fenster gelehnt, denn eigentlich war es mit seinen Kochkünsten ja noch nicht so weit her. Aber in seinem jugendlichen Schwung sah er darin keine unüberwindlichen Schwierigkeiten. Entscheidend war doch der gute Wille. Und der war ja mehr als vorhanden. Er kaufte frische Pasta, denn das schien ihm im Vergleich zu Spaghetti aus der Packung oder gar aus der Dose schon ein kulinarischer Quantensprung. Am Freitag machte er alle dazu nötigen Einkäufe: Frische Tomaten für die Sauce und getrocknete Steinpilze, schließlich war seine Angebetete Vegetarierin. Dazu eine kleine Flasche Montepulciano.

Wie sie ihm so die Tür öffnete, überkam Kalle Pressler ein Herzflimmern höherer Frequenz. Die Angebetete trug ein hellblaues Seidenröckchen. Veilchenduft lag in der Luft. So spürte es zumindest Karlheinz Pressler. Sie führte ihn zunächst ins Wohnzimmer. Dezent hatte sie ein halbes Dutzend Bonsai-Bäumchen in allen vier Ecken des kleinen Zimmers verteilt. Neben der Stereoanlage stand ein Gummibaum. Alles war peinlich sauber und ordentlich aufgeräumt. Einen Fernseher gab es nicht. Neben einer der beiden riesigen 200-Watt-Musikboxen räkelte sich ein Rauhaardackel auf dem Sofa.

„Das ist ja Bello", rief Karlheinz Pressler voller Erstaunen zunächst aus.

„Wo kommt der denn her", wollte er spontan wissen.

Die Blumenverkäuferin gab an, den Hund als vier Wochen alten Welpen aus einem Zoogeschäft gekauft zu haben. Das war jedoch bereits über drei Jahre her. Solange besaß sie ihn schon. Jetzt war er erwachsen und selbstverständlich stubenrein. Da Frau Komischke ihren Benno erst vor ein paar Wochen gekauft hatte, konnte es sich bei Fräulein Schenks Hund nicht um Bello handeln. Dennoch musste er sich weiter vergewissern.

„Wie heißt denn dein Hund?", fragte er, denn sie waren mittlerweile per Du.

„Mozart."

„Das ist ein origineller und hübscher Name", schmeichelte Kalle, und als wäre der so unterschiedliche Name Garant dafür, dass es sich nicht um seinen Bello handeln konnte, fühlte sich Pressler abgesichert, ohne genau zu wissen, warum ihn die frappante Ähnlichkeit so verunsicherte. Nervös begann er an seinem Talisman spielen, den er seit der Begegnung mit Frau Komischke nur nachts abgelegt hatte.

„Er sieht deinem, nah wie heißt er noch, Bello, zum Verwechseln ähnlich, nicht wahr?", sagte die Verkäuferin, und dabei schien es so, als freute sie sich über einen gelungenen Streich.

Wie sich herausstellte, hatte Frau Komischke vor ein paar Wochen den lange Zeit unverkäuflichen Bruder von Mozart erstanden. Während der Zoohändler drei der vier Welpen eines Wurfs verkaufen konnte, hatte er bei einem der Rüden weniger Glück gehabt.

Er blieb auf dem letzten Viertel seiner Ware sitzen, und je länger es dauerte, desto mehr dachte er, den Preis für den Hund hochsetzen zu müssen. Schließlich hatte er ja für

Kost und Logis zu zahlen. Er besaß die einzige Tierhandlung im Ort und glaubte, sich das erlauben zu können.

Aber damit geriet er nur in einen Teufelskreis. Der Hund wurde fast Monat für Monat teurer und damit unerschwinglich. Der Zufall in Form der reichen alten Dame war es schließlich, der für Abhilfe sorgte. Benno, oder je nach Lesart Bello, wurde schließlich doch noch verkauft.

Frau Schenk und Herr Pressler machten sich an die Arbeit. Kalle schnitt die Tomaten in fünf bis sechs Scheiben, dann in Streifen und schließlich in Würfel, während das Fräulein Schenk die Steinpilze im Rotwein einweichte und danach kurz in Olivenöl anbriet. Zwischendrin probierten sie den Montepulciano. In zwei Minuten waren die Taglierini weich gekocht, und Kalle und Maria hatten viel Zeit, sich gegenseitig während dem Essen schöne Augen zu machen. Mozart war ein braver Hund. Er machte sich erst bemerkbar, als abgeräumt wurde. Im Gegensatz zu seinem Bruder tat er dies durch dezentes, fast geräuschloses Schwingen des Schwanzes. Fräulein Schenk stellte ihm den Rest der Steinpilztomatensoße vor die Trüffel, und der Hund schleckte alles dankbar bis zum letzten Tropfen aus. „Wie sehr er doch Bello ähnelt", dachte Kalle Pressler für sich, als Mozart sich die Essensreste genüßlich einverleibte.

Bellos Bruder war noch sorgfältiger, wenn es darum ging, einen sauberen Teller zu hinterlassen. Eine Spülmaschine hätte keine bessere Arbeit hinterlassen können. Mozart war wirklich eine brave Seele, viel ordentlicher und weit weniger aufgewühlt als Bello. Er hatte auch nichts dagegen, dass Kalle Pressler die Nacht bei seinem Frauchen verbrachte. Wie immer schlief er ruhig und ohne zu murren vor dem Sofa auf dem Teppichboden ein und ließ sich durch nichts und niemanden aus der Ruhe bringen.

„Soll ich Kaffee oder Tee machen?", fragte Kalle Pressler am Morgen seine Angebetete.

Er musste schließlich beides kochen, aber das tat er gerne. Mozart bekam sein Frühstück in Form eines Paars Wiener Würstchen aus dem Reißverschluss. Die hatte Kalle nämlich am Vortag aus reiner Gewohnheit ebenfalls besorgt, und jetzt fanden sie unerwartet schnell einen dankbaren Abnehmer. Immerhin gehörte Mozart zur Familie.

Karlheinz Pressler und das Fräulein Schenk wurden ein Paar. Und sie adoptierten zusammen noch viele Hunde.

Jeden Sonntag sah man sie im Park spazieren gehen – nebst Anhang an einer langen Leine. Kalle Pressler bedeckte sein schütter gewordenes Haar mit einer schwarzen Baskenmütze, die vorzüglich mit der goldenen Kette kontrastierte, welche er in weit geschwungenem Bogen um den Hals trug. Er legte sehr viel Wert auf ein gepflegtes Äußeres. Im Quartier galt er als Dandy. Außerdem war er stets höflich, charmant und zuvorkommend, was sich überall herumsprach. Man nannte ihn nur den Mann mit dem goldenen Lächeln. Keiner wusste genau, wo der Ausdruck seinen Anfang nahm.

Die Reise nach Jerusalem

Das Land war grün und weitläufig, die Felder reich an Getreide und die Berge besetzt mit grünen Zedern, deren Äste sich ausbreiteten, als wollten sie mit offenen Armen ihre Gastfreundschaft beweisen. Im Winter fiel der Schnee und stiftete jenen Reichtum an Wasser, der dem Land den Beinamen Schweiz des Orients eintrug. Die Berge dieser Gegend hatten nichts mit den Zinnen der Alpen gemeinsam. Sie ähnelten riesigbreiten, runden Buckeln, auf denen sich die Jahrhunderte anhäuften wie die jungfräulich weißen Schneemassen des Winters. Tief unten in den Ebenen und Senken wurde es dann merklich kühl. Ihre Bewohner verbrachten die Tage in ihren Häusern und erzählten sich Geschichten. Schnee fiel dort unten zwar nie, aber die Kälte schweißte die Menschen in der kurzen Winterzeit zusammen. Die Geschichten lebten länger als die Menschen, selbst wenn so mancher hier es den Bäumen gleich machte und hundert Jahre alt wurde.

Allzu lange durfte die Vorsehung nicht mehr warten. Der alte Grieche war gekrümmt, obwohl seine Gangart zum Vornehmsten gehörte, was das Jordanland je gesehen hatte. Die Last der Jahre machte sich allmählich bemerkbar. Schleichend, aber darum um so ruchloser, ergriff die Erde wieder Besitz von dem, was sie einst als zartes Pflänzchen hervorgebracht und lange Zeit gehegt und gepflegt hatte. Der Hüne aus Thrakien war sich dessen bewusst. In jungen Jahren besaß er nicht nur den Gang eines hellenischen Patriarchen, sondern auch das Antlitz und die Statur eines griechischen Gottes. Selber fürchtete er seinen eigenen Gott wie kein zweiter braver Mann. Leben bedeutete für ihn dienen, und darob kreisten seine Gedanken unablässig um den Segen des allmächtigen Herrn.

Vermählt hatte sich Dimitros nie. Trotz seiner erhabenen Schönheit fand er in seiner Jugend nie die Richtige. Aber das machte ihm nichts. Lag es daran, dass er sehr früh ins fremde Land gekommen war und der Sprache nicht mächtig den Anschluss an die Leute seines eigenen Alters verpasste? Oder lag es an seiner Ruhe und Zurückhaltung, die sich hinter dem mittlerweile ergrauten Vollbart verbargen? Er war ein großgewachsener Schweiger, der in seiner Zurückgezogenheit Kraft fand. Des Hebräischen war er mittlerweile durchaus mächtig. Seinen schüchternen Charakter hatte er jedoch nicht geändert. Den Kontakt zu Menschen suchte er nie, selbst wenn er ihn mochte. Gott zu dienen, hieß für ihn auch den Menschen zur Seite zu stehen, aber sich selbst aufzudrängen, kam ihm nie in den Sinn.

Im Alter von zehn Jahren war er mit seinen Eltern in den Libanon gezogen. Die Mutter hatte einer alten griesgrämigen Wahrsagerin gehorcht. Die prophezeite zwei Dutzend magere Jahre, in denen Dürre die Ernte vernichte und

Kälte das Leben zur Qual werden ließe. Also packten sie ihre Sachen. Sie zogen mit Vieh und Fahrhabe nach Süden. Monatelang waren sie unterwegs, Wind, Wetter und Hitze trotzend. Die Mutter hatte die Reise nicht überlebt; sie starb noch auf griechischer Erde an Ruhr. Der Vater ließ sich an jenem Fluß nieder, dessen Wasser nie brackig wurde und dessen Fluten dem kräftigen Sohn Arbeit bescheren sollten. Ihr neues Zuhause wurde eine einfache Hütte. Die Erde war hart, aber fruchtbar, und das Vieh mehrte sich, sodass sie einen bescheidenen Wohlstand kannten. Platz gab es in dem neuen Land mehr als genug.

Als auch der Vater eines Tages dahingeschieden war, richtete sich Dimitros auf ein bescheideneres Tagwerk ein. Er verkaufte die Hälfte der Herde und behielt nur gerade so viel, dass es für den eigenen Bedarf an Milch und Fleisch reichte. Wasser hatte es zur Genüge. Es kam aus dem Grunde des Styx und speiste mehrere von gebrannter Lehmerde eingefasste Brunnen. Der Fluß bildete die natürliche Grenze zwischen den Höhen des Libanon und dem fruchtbaren Schwemmland. Weiter südwärts lag das gelobte Land. Die Pilger kamen zwar nicht in Strömen, doch ein ständiges Tröpfeln von Menschen goss sich übers Jahr verteilt zu den heiligen Stätten. Sie alle wären wohl von ihrem Ziel abgeschnitten, hätte der Hüne aus Thrakien nicht die Kraft besessen, die pechschwarzen Fluten des Styx zu furten. Allzu tief war der Fluß nicht einmal, aber seine Dunkelheit gab größere Tiefe vor, als es der Wirklichkeit entsprach. Gerade deshalb war er so manches Mal dem ein oder anderen unvorsichtigen Wanderer zum Verhängnis geworden, denn oft ließen die menschlichen Kräfte just in dem Moment nach, als das Ufer nach beiden Himmelsrichtungen hin gleich weit entfernt lag. Das war das Trügerische am Styx. Dort, wo man gerade noch stehen konnte, griff das kühle Wasser um Waden und Hüfte und lud zur Hingabe an die Bequemlichkeit, welche sich rasch zur Panik kehrte. Schlagartig wurde der Fluß reißend – so empfanden es wenigstens die unglücklichen Pilger – das Wasser kalt wie Eis, der Weg zum rettenden Ufer unendlich lang und die Beine schwer, als wären sie aneinander gefesselt.

Dimitros rettete im Verborgenen Hunderte von Leben. Als er noch nicht vor Ort lebte, um seine guten Dienste anzubieten, ertranken Monat für Monat ein, zwei Menschen im Fluß. Der Preis, den Dimitros als Furtmann für den Weg zum anderen Ufer verlangte, war bescheiden. Der Anstand verbot es ihm, mehr zu fordern, denn er wusste, dass er damit den einen oder anderen Geizhals in den Tod treiben würde. Das, was er bekam, entsprach wahrhaftig einem Trinkgeld. Da aber vorm Haus Oliven wuchsen und Ziegen, Schafe und Rinder weideten, mangelte es ihm an nichts.

Als sein Vater noch lebte, empfahl dieser ein höheres Wegegeld. Aber auch der alte Nikolaos glaubte, dass die Sitte keine allzu hohe Entlöhnung gebot, und so erhöhten sie das Furtgeld bloß um einen bescheidenen Obolus.

Es kamen hin und wieder kräftige Männer, solche, die fast an die mächtige Statur des Dimitros heranreichten. Sie nahm der Thraker an die Hand, und auf diese Weise furteten sie dem anderen Ufer entgegen und hielten einander im

Gleichgewicht. Frauen und Kinder jedoch trug er auf seinen breiten Schultern. Fast kein Tag verging, an dem er nicht einen Pilger, aber auch manches mal Wandersleute und Aussiedler, wie er selber einst einer war, sicher über den Fluß brachte.

Auch kamen viele Leute aus seiner ehemaligen Heimat. Nicht seinetwegen, sondern weil dort oben der Krieg tobte. Der Vater hatte die Wahrsagerin einst insgeheim verflucht. Denn war nicht ihretwegen die geliebte Ehefrau verschieden? Wahrheit hatte sie jedoch klar gewiesen, denn der Krieg hinterließ nur Not und Verwüstung. Die Erde lag brach und brachte kaum mehr Früchte, und die Wassergräben versandeten. Dürre war die Folge. Die Menschen suchten schließlich ihr verlorenes Glück in der Fremde.

Noch eine weitere Weissagung hatte die alte Frau einst preisgegeben. Die tat sie ganz beiläufig, als gebiete die Ungeheuerlichkeit ihres Inhalts große Demut in der Verkündung: Der Messias sollte wieder auf die Erde kommen, und es würde dem Sohn des Nikolaos vorbestimmt sein, ihn auf den rechten Weg zu führen.

Vor Gram über den Tod der Mutter, war diese zweite Weissagung weit in den Hintergrund gerückt, wenn auch nie ganz vergessen worden. Sie wurde vom Vater aus dem Bewusstsein gedrängt, weil sie so sehr mit dem erlittenen Schmerz verbunden war. Der Sohn war wiederum zu scheu, um ihr große Bedeutung beizumessen. Tief in seinem Inneren glaubte er nicht an sie. Jetzt aber, als die Kunde von Krieg und Dürre aus dem Norden ankam, drängte sich auch diese Prophezeiung in Dimitros' Ge-

dächtnis wieder an den Tag wie eine altbekannte Sage aus
frühen Kindertagen.

Auch die Bewohner der näheren Umgebung wussten
vom Spruch des Orakels. Nikolaos hatte die Geschichte
seiner Auswanderung immer wieder erzählt und dabei kein
Detail ausgelassen. Allerdings hatte er den angekündigten
Besuch des Gottessohnes heruntergespielt, genauso wie
einst die Wahrsagerin ihn nur am Rande erwähnte. Er wollte nicht, dass die Leute dachten, er sei ein Aufschneider
oder gar ein falscher Prophet. Da sich die erste Prophezeiung bewahrheitet hatte, gab es bei den Bauern, Handwer-
kern und Händlern des Tales nirgends mehr auch nur ein
Fünkchen des Zweifels, dass auch die viel bedeutendere der
beiden Weissagungen wahr werden würde. Mit der Zeit
erschien sie auch fast zwingend. All die guten Dienste des
Dimitros würden darin ihre Krönung finden, dass er den
Sohn Gottes über den Styx tröge. Über das Warum und
Wieso machte sich niemand Gedanken. Eher fragte sich
nur ein jeder, wann denn der Zeitpunkt endlich gekommen
sei. Es starb der ein oder andere Geheimnisträger, doch die
Fabel lebte weiter, von Vater und Mutter auf Sohn und
Tochter übertragen, und die Fabel reichte mittlerweile sogar weit über den Libanon hinaus. Bis ins Zweistromland,
wo die Sonne ihren Anfang nahm, machte sie die Runde.

Bald schon wurde Dimitros von seinen Passagieren ein
ums andere Mal angesprochen, ob der Messias denn bereits
mit ihm über den Fluß gewatet sei. Dimitros musste die
Frage immer verneinen. Keiner aber wagte es, sich selber
als der Erlöser auszugeben und dem braven Furtmann eine

Farce zu spielen. Die Gottesfurcht war selbst bei denen, die nicht als Pilger gekommen waren, viel zu stark.

Eines Tages blies der Wind besonders wild vom Meer her ins Landesinnere und wühlte sogar das Wasser des Styx zu Schaumkronen auf. Der Himmel färbte sich graublau, und ein Wechselspiel zwischen Wolken und Sonne trieb Schatten über die karge Landschaft, Schatten, die sich mit der Geschwindigkeit eines galoppierenden Rosses wieder davonstahlen. Dimitros drückte einen Pflug hinter seinem stämmigen Ochsen tief in die Erde, als wolle er sich daran festklammern, um nicht von einer besonders ungestümen Windböe fortgerissen zu werden. Groß war sein Land nicht, aber es galt, die nächste Saat vorzubereiten.

„Dimitros Karamakis?",

fragte ihn eine Stimme, als er gerade dabei war, den Pflug in ruckartigem Auf und Ab zu wenden.

Es war Hussein Khalid, sein Nachbar. Mit Vor- und Nachnamen sprach dieser ihn nur an, wenn er etwas von ihm begehrte. Hussein dachte, sich von ihm den Pflug auszuleihen, sobald Dimitros mit seinem Tagwerk fertig war, und der Sturm sich gelegt hatte, denn Hussein Khalids Pflug war zu klein, und die Erde schien noch nie so hart wie zu dieser Zeit gewesen zu sein. Hussein hätte wahrscheinlich auch mit seinem kleinen Pflug und seiner stattlichen Milchkuh den Boden durchpflügen können, doch das hätte länger gedauert, und der Vorwand war zu verlockend, um mit Dimitros ein kurzes, aber umso unterhaltsameres Gespräch zu führen. Hussein Khalid lebte in einem bescheidenen Lehmhaus, dessen flaches Dach sich als gerader kurzer Strich am Horizont abzeichnete.

Die beiden Nachbarn sprachen über den Himmel, der in immer neuen Fetzen lag, seine Wolkenfracht aber nicht auf die Erde entlud. Dimitros ließ sich gerne eine Weile ablenken, fand aber schnell keinen Gesprächsstoff mehr, und so trennten sich die beiden Nachbarn auf den nächsten Tag hin. Da nun wollte Hussein Khalid sich den großen Pflug, den ihm der Thraker versprochen hatte, vor zwei seiner Ochsen spannen und seine paar Aaren Land beackern, denn derartige Arbeit konnte Hussein nur am Morgen machen. Dimitros stand selten ganz früh auf. Obwohl er nie spät zu Bett ging, brauchte sein massiger Körper einen langen geruhsamen Schlaf. Hussein hingegen, war von zäher Statur; sehnig und drahtig sprang er früh von seinem Lager und machte sich noch in der Dämmerung an sein Tagwerk. Doch große Ausdauer hatte man ihm nicht in die Wiege gelegt. Lange vor Sonnenuntergang verließen in Kraft und vor allem Lust. Er wanderte dann die vier Kanten seiner Scholle entlang und freute sich auf den nahenden Abend.

Dimitros arbeitete wie immer spät in den Tag hinein, und als er gerade fertig war und den Ochsen in den Stall getrieben hatte, stand ein kleines Kind vor dem Verschlag.

„Bist du Dimitros Karamakis?"

„Der bin ich", antwortete der Hüne.

„Kannst du mich sicher über den Fluß bringen?", fragte das Kind.

Es war ein halbwüchsiges Mädchen mit blauen Augen und blonden Zöpfen, wie er es in seinem ganzen Leben noch nicht gesehen hatte. Dimitros schaute sich um. Niemand anderes war da. Er schien ganz allein mit dem hellhäutigen, fremden Mädchen. Er war sicher, dass da noch jemand sein müsste. Doch so sehr er auch den Horizont durchmusterte, nirgends war die Spur eines Menschen oder die Staubfahne eines Karrens zu erspähen. Das Kind schien aus dem Nichts aufgetaucht zu sein.

„Kommst du von weit her?", wunderte sich Dimitros.

„Nein, von nicht sehr fern."

„Wie heißt du?", fragte Dimitros weiter, und damit hatte er fast mehr und vor allem in viel rascherer Abfolge als mit den meisten anderen Klienten in seinem Leben geredet.

Seine Neugier war verständlich, denn was machte wohl ein sechs- oder siebenjähriges blondes Mädchen mit keltisch anmutenden Zöpfen allein im Libanon?

„Ich heiße Christa", erhielt er zur Antwort.

Die kräftigen Sonnenstrahlen, die das Wasser am Ufer noch verstärkte, erhellten ihr bleiches Gesicht. Ein paar kleine Sommersprossen auf jeder Wange gaben dem Mädchen etwas Keckes.

„Christa, es ist schon etwas spät. Möchtest du nicht lieber erst morgen weiter und die Nacht hier verbringen?", schlug der Thraker vor.

Dabei dachte er auch an den starken Wind, aber dieser hatte urplötzlich abgenommen, so dass jetzt eine unerwartete Stille herrschte.

„Nein, das kann ich nicht, denn in Jerusalem wartet man bereits auf mich", entgegnete die Kleine.

Dimitros spürte, dass er nicht mehr das Recht besaß, weiter zu fragen.

„Dann laß uns gehen!", sagte er nur noch und senkte zeitgleich Kopf und Stimme.

Das ungleiche Paar machte sich schweigend, als kenne es sich schon eine Weile, auf den Weg zum Ufer. Dimitros zog seine Ledersandalen aus und ließ sie an einem Holzpfahl, der ihm ansonsten auch zum Anbinden von Vieh diente, zurück. Der Pflock stand an einer kleinen, unscheinbaren Biegung des Flusses. Dort gelangte die Strömung nicht hin. Daher stand das Wasser fast still, diente als sichere Viehtränke und sichere Einstiegsstelle gleichzeitig. Gleichwohl war das andere Ufer in guter Sichtweite. Mit ruhigem Gewissen konnte Dimitros hier sein Schuhwerk zurücklassen. Ihm war nie etwas gestohlen worden, und er selbst hatte nie in seinem Leben gestohlen oder irgendetwas Unrechtes getan. Auch kannte er selber das Böse nur vom Hörensagen. Drum ließ er seine Sandalen immer voller Gottvertrauen am selben Ufer zurück, bereit, sie nach getaner Arbeit wie ein paar alte Weggefährten wiederzutreffen. Dieser Ritus hatte sich tausende Male wiederholt. Er zurrte sich das Wams fest und nahm das Mädchen auf die Schulter. Dazu drehte er seine Handgelenke zum Himmel, griff ihr unter die Achselhöhlen und hievte sie senkrecht vor sich nach oben. Dann ließ er sie mit ausgestreckten Armen ein wenig nach unten auf seinen Nacken gleiten. Feingliedrig wie sie war, kam es ihm vor, als trüge er ein neugeborenes Lämmchen um seinen Hals gewickelt, so leicht war ihm die Last. Er vergewisserte sich, dass sein Furtgast bequem saß und stieg über die knappe Böschung. Das Wasser war weder warm noch kalt, weder reißend noch tot. Ganz leicht kräuselte es sich im Schlagschatten der Fluten. Tausendmal hatte er diesen Weg genommen, war genau an derselben Stelle ein- und an der gleichen Stelle auf der gegenüberliegenden Seite wieder ausgestiegen. Nie war er gestrauchelt. Kein einziges Mal musste er vorzeitig umkehren.

Doch kaum hatte Dimitros seinen ersten Schritt in die Fluten gesetzt, spürte er, dass etwas anders als sonst war. Er fühlte nicht die gleiche Sicherheit, die ihn für gewöhnlich auszeichnete. Am Gewicht der Kleinen konnte es nicht liegen, denn die saß wie ein Federchen auf seinem Nacken; ja selbst für ihr Alter und ihre Größe schien sie ihm leicht, so leicht, dass ihm unheimlich wurde.

Er öffnete den Mund einen Spalt weit, dann fehlte ihm jedoch jedwedes Wort, und er konzentrierte sich wieder allein auf den nächsten Schritt. Das Bett des Flusses war fast topfeben. Hin und wieder ruhten breite, vom Wasser plangeschliffene Steine am Grund. Sie ragten jedoch so wenig aus dem Boden hervor, dass es unmöglich war, sich an ihnen die Zehen anzustoßen. Im schlimmsten Falle konnten sie einen unbedarften Wanderer ein wenig aus dem Gleichgewicht bringen. Dimitros setzte den nächsten Schritt. Er traf dabei genau auf einen großen Stein. Jetzt erst spürte er das Gewicht des Mädchens ein wenig. Das beruhigte ihn, denn er hatte fast das Gefühl gehabt, alleine durchs Wasser zu waten, und da die Kleine schwieg, wurde ihm dieser Eindruck unangenehm. Die Macht der Gewohnheit gab ihm Rückhalt.

Als hätte es den Widerstand des Steines gebraucht, um seine Kraft auf den richtigen Weg zu leiten, fühlte sich Dimitros jetzt besser und sicherer. Mit dem nächsten Schritt stand er mit beiden Füßen auf der Steinplatte, wie eine antike Statue auf einem Sockel. Jetzt fühlte er das Gegengewicht der Kleinen wie eine willkommene Kraft, die seinen Füßen Halt gab.

Mit dem ersten Schritt in den Kies glaubte er ein wenig einzusinken. Aber das lag wohl eher daran, dass der Untergrund jetzt beweglicher wurde, und vor allem daran, dass der Thraker für sich allein über hundert Kilo wog. Die wenigen Pfunde des Mädchens machten da nicht mehr viel aus. Dimitros konnte für drei essen; das benötigte sein Körper für die Arbeit zu Feld und zu Wasser. Dick wurde er darüber auch im Alter nicht.

„Geht es dir gut?", waren die ersten Worte der Kleinen, seit er die Sandalen abgelegt hatte.

„Danke für deine Frage, aber du brauchst keine Angst zu haben. Du bist ja so leicht. Wir kommen problemlos ans andere Ufer", antwortete Dimitros, der immer bemüht war, seinen Kunden ein Gefühl der Sicherheit zu schenken.

„Findest du?", entgegnete die Kleine.

„Natürlich, ich habe schon kräftige Knaben und Frauen auf meinen Schultern ans andere Ufer getragen."

Während er das sprach, kamen sie in tieferes Gewässer. War es der Auftrieb des Wassers, das ihm jetzt bis zu Hüfte stieg, welcher den Körper leichter und die Last umso beeindruckender machte oder war Christa plötzlich wirklich viel schwerer geworden?

„Damit wollte ich nicht sagen, dass du ein Leichtgewicht bist", meinte Dimitros beim nächsten Schritt.

„Ich trage auch einige Last mit mir herum", entgegnete das Mädchen bedeutungsschwanger.

„Was meinst du mit Last?"

„Die Last meiner Jahre."

70

Bei diesen Worten, wurde es Dimitros zum ersten Male etwas steif um den Hals. Als in sich gekehrter Mensch war er gegenüber jeder Form von Suggestion ganz besonders empfänglich. Mit dem Reden rund um das Wort Last schien auch wieder das Körpergewicht der Kleinen gegenwärtiger zu werden.

„Wie alt bist du denn?"

Seine Neugierde triumphierte zum ersten Mal über die Zurückhaltung.

„Eine Million Jahre", antwortete Christa.

Das hielt Dimitros für einen Kinderscherz und schwieg. Hatte die Kleine mit ihren Sommersprossen nicht etwas Schelmisches an sich? Er watete weiter, spürte aber, dass ihm die nächsten Schritte immer schwieriger wurden. Christa lag wie ein Mühlstein auf seinem Rücken. Er fühlte sich unbehaglich.

„Das wird wohl das Gewicht von einer Million Jahren sein", scherzte Dimitros in Gedanken für sich selbst.

Doch das Scherzen verging ihm jäh mit dem nächsten Schritt. Als er den Fuß hob, spürte er ein Ziehen im rechten Kniegelenk, als hätte er sein Kreuzband durch ungelenke Belastung gezerrt oder gar gerissen. Das Wasser war jetzt schon ein kleines bisschen kühler, und da seine Muskeln noch nicht warm und seine Bänder und Sehnen noch nicht richtig gedehnt waren, schmerzte die brüske Bewegung, auch wenn sie durchs Wasser gedämpft wurde. Gleichzeitig schoß ihm ein Gedanke durch den Kopf, aber der war so abwegig, dass er ihn sogleich wieder verdrängte; ja er verwarf ihn gänzlich. Da fing das Mädchen von sich aus zu reden an.

„Warum zweifelst du Dimitros?"

Der Thraker war verwirrt. Woher wusste die Kleine, dass er an Gott dachte? War sie mit seherischen Gaben ausgestattet? Fast schien es so. Oder spielte sie bloß ein Spiel mit ihm?

Der nächste Schritt mit seinem rechten Bein schmerzte den Hünen nicht mehr. Er bewegte sich jetzt vorsichtiger. Es ging auch gar nicht schneller, denn eine Million Jahre schienen doch eine gewisse Last darzustellen.

„Zweifel? Woran?", fragte Dimitros, der sich über seine eigenen Vorstellungen nicht mehr sicher war.

„An der Vorsehung", antwortete Christa.

Jetzt wurde es Dimitros fast mitten im Wasser heiß. Die Vorsehung? Sprach die Kleine etwa von der Ankunft des Messias? Was hatte das mit ihr zu tun? War sie der Vorbote, eine Art Engel, der die Ankunft des Herrn verkünden sollte? Wer war sie überhaupt?

Hoch oben in den Bergen warf eine dünne Schicht Neuschnee die kraftvollen Sonnenstrahlen zurück. Der Himmel war jetzt erneut vollkommen wolkenfrei.

Engel sind Sendboten. Vielleicht hatte der Herr einen von ihnen auf die Erde gesandt?

„Woher kommst du?", fragte Dimitros. Er wagte es nicht, direkter zur Sache zu kommen.

„Vom hohen Norden."

Damit war er so weise wie zuvor. Er musste sich wieder darauf konzentrieren, seine Schritte ebenmäßig zu setzen und das Gleichgewicht zu halten. Es wurde ihm immer mühevoller. Keine Spur mehr war vom federleichten Gefühl geblieben, mit dem er seinen Gast noch am Ufer ge-

schultert hatte. Jetzt bereitete ihm die Kleine echte Arbeit.
Ja es kam ihm vor, als tröge er ein neugeborenes Kalb. So
schwer lag das Mädchen auf seinem Buckel. Er erinnerte
sich an die Weissagung seiner Kindheit. Weit mehr als ein
halbes Jahrhundert war vergangen. Seither hatte er vergeb-
lich auf den Messias gewartet.

„Wie kannst du denn eine Million Jahre alt sein?", fragte
der Hüne, dem das Ganze jetzt doch sehr, sehr merkwürdig
vorkam.

„Weil ich so alt wie die Menschheit bin", antwortete
Christa.

Eine Million Jahre waren mehr, als sich Dimitros vorstellen konnte. Er selbst würde wahrscheinlich keine hundert Jahre alt werden, und selbst er hundert Generationen
zeugen könnte, und jede hundert Jahre lebte, bräuchte es
noch einmal hundert Mal so viel Zeit, um auf diese Zahl zu
kommen.

Ein jäher Schmerz zwischen seinen Schulterblättern
machte ihm klar, dass irgendetwas an diesem Mädchen
außergewöhnlich war.

„Warum bist du denn plötzlich bloß so schwer?"

„Das sagte ich bereits", entgegnete das Mädchen, ohne
ihm Vorwürfe zu machen.

„Warum ist denn die Last dieser Jahre so groß?",
fragte der Hüne wie ein kleines Kind voll naiver Hingabe
an ein neues Spiel, das man ihm aufgezwungen hatte.

„Es ist nicht immer einfach, das zweite Gesicht zu haben", fügte die Kleine hinzu und stürzte den Thraker damit
nur noch in tiefere Verwirrung.

„Was bedeutet das zweite Gesicht?"

„Die Dinge klarer zu sehen, als je ein Mensch es vermag."

Dimitros war verstört. Er musste an die alte Wahrsagerin denken. Auch sie hatte vorgegeben, viele Dinge klarer als ihre Mitmenschen zu sehen. Leider sollte sie einmal schon Recht behalten haben. Schließlich konzentrierte er sich wieder auf seine Schritte. Er hatte immer mehr Mühe, die Fußsohlen über den Grund des Flusses zu ziehen. Christa schien ihm jetzt so schwer wie ein, nein zwei Säcke voller Getreide.

„Bist du ein Engel?", fragte Dimitros, immer noch in einer kindlichen Art und Weise.

„Wie kommst du darauf?", konterte das Mädchen mit einer Gegenfrage.

„Du kannst nicht von dieser Welt sein."

„Oh doch, das bin ich. Ich bin von dieser Welt, seit es Menschen gibt, und ich habe sie über all die Jahre beobachtet."

„Warum?"

„Es war mein Auftrag", erwiderte sie nur kurz und trocken.

Engel oder nicht, Dimitros war sich jetzt sicher, dass dieses Mädchen einer höheren Berufung folgte. So wie sie redete kein kleines Kind.

„Und was hast du gesehen?", wollte Dimitros mehr wissen.

„Eine Menge. Ich war in allen Ländern der Erde und zu allen Zeiten und musste immer dasselbe mit ansehen. Immer und überall führen die Menschen Krieg."

„Ich weiß, selbst unter Brüdern gibt es oft Streit",

pflichtete Dimitros bei, obwohl er selbst weder Bruder noch Schwester hatte. Als einfühlsamer Mensch war er es gewohnt, sich immer auch in die Haut des anderen zu versetzen. Gleichzeitig fing er an, seine Scheu der Kleinen gegenüber nach und nach abzulegen.

„Neulich war ich in Thrakien. Das war einst ein blühendes Land mit Bergen voller Wälder, Hügel voller Fruchtbäume und Ebenen, in denen das Getreide mannshoch wuchs. Das Meer war reich an Fischen, und fröhliche Menschen brachten am Abend ihren Fang in den Hafen. Wenn die Ernte eingefahren war, wurden Feste gefeiert, an denen alle Menschen teilhatten. Heute aber sind die Häfen versandet und die Felder vergandet. Die Hunnen haben ganze Arbeit geleistet. Mit den Hufen ihrer Pferde haben sie das Korn gedroschen. Mit Schwertern und Speren haben sie Menschen gefischt. Das Recht des Stärkeren war ihr ehernes Gesetz. In seinem Namen vergewaltigten sie die Frauen, quälten sie die Kinder und mordeten die Väter. Am Ufer des Schwarzen Meeres, das vom Blut rot getränkt war, ruhten sie von ihren Missetaten. Nichts war ihnen heilig, auch die Kirchen und Kultstätten nicht. Sie legten sie in Schutt und Asche und streuten die Überreste zum Spaß ins Meer."

Ob der Schilderung des Mädchens brach Dimitros in Tränen aus. Er hatte seine einstige Heimat kaum mehr im Gedächtnis, aber die wenigen Bruchstücke, die davon noch in seinem Kopf herumschwirrten, waren süße Jugenderinnerungen an Versteckspiele im reifen Korn und die Freude von Klein und Groß über den lauwarmen Sommerregen und das saubere Wasser der Flüsse und des Meeres. Dimitros dachte, dass Gott vielleicht seinen Volksstamm für mangelnde Ehrfurcht hatte bestrafen wollen, und dass nur in schwerer Prüfung sich die edle Gesinnung zeigen mag.

„Ich sah die abgeschlagenen Köpfe von Knaben und Mädchen, sah wie barbarische Krieger sich diese mit den Füßen zuspielten."

„Hör auf! Das ist widerlich", sagte Dimitros nur und konnte keinen Sinn in dem grausamen Geschehen und in den Reden der Kleinen finden. Hier, an den Ufern seines Flusses, waren seit Jahrzehnten keine kriegerischen Handlungen begangen worden. Dem Krieg und allem damit verbundenen Leid war er durch die Auswanderung seiner Familie entgangen. Auch vor Krankheiten blieb er verschont. An den sauberen Ufern des Styx gab es nicht eine schmutzige Fliege, nicht einen toten Arm mit brackigem Wasser. Dass seine Mutter aber an der Ruhr verschieden war, hatte ihn damals so unendlich traurig gemacht, dass er sich am liebsten im Wasser des nächstgelegenen Flusses ertränkt hätte. Er konnte nicht verstehen, warum das Schicksal ausgerechnet seine Mutter treffen musste. Dass die Erde ein Jammertal sei, wollte er nicht wahr haben. Diese Vorstellung machte in seinem Kopf und seiner christlichen Seele keinen Sinn.

„Ich war auch in Ägypten zur Zeit der großen Dürre. Ich sah, wie Kühe und Schafe zu Skeletten abgemagert einfach umfielen und dahinschieden", erzählte die Kleine weiter.

„Die Erde hat ihren eigenen Weg", tröstete sich Dimitros. Aber das schien ihm jetzt ein arg schwacher Trost.

Plötzlich fiel dem Thraker auf, dass er bereits seit einigen Minuten an Ort und Stelle stehen geblieben war. Das Wasser reichte ihm bis zum Bauchnabel. Es war nicht sonderlich kalt, aber auch nicht so richtig warm, und da er sich wenig bewegt hatte, fröstelte ihn auf einmal.

Das Wasser des Styx floß mit der Regelmäßigkeit eines Mühlrades. Dimitros wollte seinen nächsten Schritt setzen, aber er musste innehalten. Schwer wie Blei kam ihm sein linkes Bein vor. Er konnte es kaum heben. Sein rechtes verharrte unbeweglich auf dem Grund des Flusses. Als er das linke schließlich doch abgesetzt hatte, schleifte er das rechte einige wenige Zentimeter nach.

„Die Last der Jahre scheint dich ganz gewaltig schwer zu machen", sagte der Hüne zu dem Mädchen.

Zum ersten Mal in seinem Leben überkam ihn die Furcht, vielleicht nicht bis ans andere Ufer zu gelangen. Sie waren noch nicht einmal bei einem Viertel der Wegstrecke angelangt. Das geradlinige unaufhörliche Fließen des Styx und sein eigener schwankender Gang passten nicht mehr zusammen.

„Alles ist eine Frage des Willens", sprach da die Kleine. Dimitros wusste nicht, ob sie ihn damit meinte.

„Ich bin wohl nicht mehr der Jüngste", seufzte er unter ihrem Gewicht.

„Selbst wenn du hundert Jahre alt wärst: Das ist nicht viel."

Dimitros wollte mehr über die langen Lebensjahre dieses vorlauten Mädchens hören: „Was hast du denn noch für Erfahrungen gemacht?"

„Unendlich viele und oft nicht die besten. In jener Epoche, die man später einmal alte Steinzeit nennen wird, hatte ich eine Zeit lang viel Ruhe und Frieden. Im Land jenseits des Mittelpunkts der Erde behandelten mich die Eingeborenen wie eine der ihren. Jahrhunderte gingen ins Land, ohne dass man etwas davon merkte, und die einzige Gefahr kam von Naturgewalten und wilden Tieren. Kam jemand um, so war es eher ein Unfall statt böse Absicht.“

„Gefiel es dir damals besser als hier und heute?“, fragte Dimitros voller Neugier, um mehr über die ganze Geschichte und auch, um mehr Geschichten zu erfahren.

„Nicht unbedingt, die Leute sprachen nicht viel, wenn sie überhaupt sprechen konnten. Aber das wurde aufgewogen durch ihre Freundlichkeit. Als es das Feuer noch nicht gab, hatten sie es jedoch recht mühsam. Erst mit den lodernden Flammen wurde das Leben einfacher. Ich mag Lagerfeuer sehr. Es sollte einmal eine Epoche kommen, wo man sich am Feuer nicht nur wärmt, sondern gemütlich darum herum sitzt, Fleisch und Fisch nach Belieben verzehrt und sich Geschichten erzählt. Es wurde viel gescherzt, und die Kinder tollten zusammen auf grünen Wiesen.“

Das gefiel dem Thraker besser, und so fragte er weiter: „Welches war denn das beste Zeitalter, vielleicht jene Steinzeit?“

„Jede Zeit hat ihr Für und Wieder. In früheren Zeiten liefen die Dinge viel langsamer ab.“

“Sicherlich nicht so langsam, wie wir jetzt vorwärtskommen“, warf der Hüne ein, enttäuscht, wieder nur einen winzigen Schritt Richtung anderes Ufer gesetzt zu haben.

Sein Rücken fing an, zu schmerzen. Noch nie war er so zäh zu Wege. Die Langsamkeit hatte ihn fest im Griff.

„Wenn du so weit in der Zeit gewandert bist, warst du dann vielleicht sogar in der Zukunft?", kam es Dimitros in den Sinn zu fragen, um seine stetig wachsende Neugier zu stillen.

„Ja, ich war auch in der Zukunft", fuhr die Kleine fort: „Es gibt dort eine Zeit, in der Menschen Ihresgleichen in Kammern pferchen und zu Tode räuchern. Aber auch ich selbst wurde manches Mal nicht wie ein Mensch behandelt. In einer Zeit, die man einmal als finster bezeichnen wird, wollte man mich bei lebendigem Leibe verbrennen, ein Schicksal, das damals so gut wie nur für Mädchen und Frauen bestimmt war. Man band sie an Pfähle und zündete unter ihnen Stapel von Holz und Reisig an. Man nannte mich Hexe. Mein Können und meine Weisheit waren einflussreichen Leuten gefährlich. Alle, die irgendwie anders sind, werden von den Mächtigen verfolgt."

"Schritt denn niemand ein, kam denn niemand zu Hilfe?", wunderte sich der Thraker.

Er hatte gerade vor drei Tagen einen jungen Landstreicher, der von sich aus den Styx durchwaten wollte, vor dem Ertrinken gerettet. Akte selbstlosen Mutes waren ihm so selbstverständlich wie Sonnenaufgang und Sonnenuntergang.

„Wer hätte deines Erachtens denn einschreiten sollen?"

„Der König oder die Priester", antwortete Dimitros gutgläubig.

„Gerade die waren es, die mich auf den Scheiterhaufen führten. Sie mussten es nicht einmal selber tun. Dafür hatten sie ihre Leute."

Dimitros empörte sich.

„Das ist unerhört. Aber wie bist du dann davon gekommen?"

„Ich habe mich einfach davongestohlen, ohne dass sie es bemerkten."

Dimitros suchte nach einer möglichen Erklärung, auf welche Weise Christa wohl ihren Häschern entkommen sein mag. Die Gesetze der Physik waren ihm bekannt, aber nicht heilig. Wenn Christa ein Engel wäre, gäbe es sicherlich keine Macht der Welt, die sie auf einem brennenden Scheiterhaufen zu halten vermochte. Vielleicht war sie einfach davongeflogen. Vielleicht hatte sie sich auch unsichtbar gemacht und konnte so in aller Ruhe ihre Fesseln lösen. Oder hatte sie der liebe Gott etwa mit einem Fingerschnippen aus den Fängen ihrer Peiniger befreit? Es gab Dutzende von Möglichkeiten. Er wollte sich nicht recht getrauen, weiter zu fragen. In der Zwischenzeit hatte das ungleiche Paar ein Drittel seiner Wegstrecke hinter sich gebracht. Des braven Furtmanns Schritte waren mittlerweile so behände wie das Vorwärtsgleiten einer Weinbergschnecke. Obwohl Christa kein Gepäck mit sich führte, war sie unerträglich schwer geworden. Die meisten Pilger hatten keinerlei Fahrhabe oder wenn überhaupt, dann bloß eine Tasche zum Umhängen, die dann für den Hünen aus Thrakien kaum zusätzlich ins Gewicht fiel. Das Kind in seinem kurzen Umhang aus weißer Baumwolle aber wurde immer mehr zur schier unerträglichen Bürde.

„Ich weiß nicht, ob wir es überhaupt bis zur Mitte des Flusses schaffen können", versuchte er, alle übertriebene Hoffnung zu dämpfen und sich gleichzeitig die Möglichkeit des ehrenhaften Rückzugs zu gewähren.

„Ich denke, du wirst es schon schaffen", munterte ihn die Kleine auf.

„Erzähle mir noch etwas von deinen Abenteuern!"

Damit hoffte der Riese, Zeit zu gewinnen, um Kräfte zu sammeln. Dimitros war sehr erschrocken über seinen Mangel an Kraft. Er wusste auch, dass er nicht mehr der Jüngste war, aber dass ihm ein kleines Mädchen sein Werk zur Qual machen würde, traf ihn hart.

„Was möchtest du hören?"

„Erzähl mir etwas, was du vor vielen Jahrhunderten im Land der Griechen erlebt hast", wünschte sich Dimitros, dem die alte Heimat noch immer sehr nahe stand.

Das Mädchen gehorchte und erzählte: „Unter dem Alkmänoiden Kleisthenes wäre ich fast in die Versammlung des Volkes gewählt worden. Es war eine schöne Zeit. Die Demokratie folgte der Tyrannis wie ein milder Frühling auf einen harten Winter. Man spürte allenthalben, dass das Land erblühte. Einflussreiche Kräfte wussten jedoch meinen Aufstieg zu verhindern. Dennoch hatte die Kunst und Kultur ihren Platz im täglichen Leben, und die Tragödie wurde dadurch gemildert, dass man sie auf die Bühne brachte. Es war eine Zeit des Friedens und Wohlstands."

„ ...bis sie gestört wurde", warf Dimitros fast mechanisch ein.

Vielleicht lag es daran, dass er entnervt und müde so gut wie gar nicht mehr vorwärts kam. Bereits eine ganze Weile lang stand er mit seiner Bürde auf dem Buckel an Ort und Stelle. Seine stille Enttäuschung übertrug sich auf ihr Zwiegespräch.

„Nicht sofort", gab die Kleine zur Antwort.

„Erst als uns die Perser mit ihren Schiffen zu stark bedrängten, war die Zeit des Friedens vorbei. Aber es dauerte mehrere Jahrzehnte, bis es wirklich so weit war. Bis dahin arbeitete ich auf einem großen Weingut. Wir hatten auch Schafe und Rinder und damit immer genug zu essen. Wenn die Erde es besonders gut mit uns meinte und die Trauben reichlich eingebracht waren, feierten wir mit allen Nachbarn zusammen zwei Tage und Nächte durch."

„Und warum bist du nicht geblieben?"

„Ich musste weiter."

Bei diesen Worten versuchte der Thraker wieder, einen Fuß nach vorne durchs Wasser zu ziehen. Er stelzte nicht mehr, er schlürfte nur noch über den Grund des Flusses. Er kam nicht weit, aber doch ein kleines Stückchen voran. Das Wasser reichte ihm jetzt bis über den Bauchnabel. Der Himmel war strahlend blau, und die Sonne stand deutlich tiefer, aber noch recht hoch am Horizont. Ihre Strahlen hielten jenen Teil seines Wamses, der aus dem Wasser herausragte, trocken, sodass Christas Füße lediglich von einigen wenigen Wasserspritzern benetzt wurden.

„Weiter? Wohin?", und damit meinte er die Zeitenreise der Kleinen.

„Nach Avignon", antwortete sie.

„Wo liegt das?"

„Im Süden eines Landes mit Namen Gallien, unweit von Massilia."

Dimitros Karamakis hatte noch nie etwas von dieser Gegend gehört. Er kannte viele Länder der Erde, aber nur von den kurzen und knappen Beschreibungen der Kunden, die sich ihm anvertraut hatten. Aus dem genannten Ort hatte sich noch nie jemand hierher verirrt.

„Dort gab es einen großen Palast mit Wehrtürmen so hoch wie fünfundzwanzig Männer, worin die mächtigsten Priester logierten. Sie fürchteten aber nicht Gott, sondern kümmerten sich bloß um ihre eigene Macht und ihre Pfründe. Statt den Gläubigen zu dienen, säten sie Zwietracht und Missmut. Folglich misstrauten die Menschen einander, und keiner half dem anderen. Auch in Rom, der Hauptstadt des reichsten Landes der Erde, gab es dieselben Hohepriester. Sie hassten einander wie die Pest und bekriegten sich. Ich wollte damals diesem unwürdigen Spiel ein Ende setzen und eine Päpstin als alleiniges Kirchenhaupt einsetzen. Sie war weise und großherzig. Doch mein Plan schlug fehl. Die alten Männer wollten ihre Macht nicht aus der Hand geben. Sie klebte an ihren Händen wie zäher Schleim."

Dimitros' Füße schafften es ein paar Meter vorwärts. Die Sonne schien ihm ins faltenreiche Gesicht und blendete. Das Wasser selbst floß ruhig und spritzte wenig. Er schien müde und immer weniger zu verstehen.

„Du solltest also, wo immer du hinkamst, den Menschen helfen? War das dein Auftrag?"

„Ich wollte die Menschen dazu bringen, das Gute und Tugendhafte nach oben zu kehren, was keine leichte, aber eine sehr wertvolle Aufgabe ist", belehrte ihn das Mädchen.

Hätte sich der Thraker zu ihr umdrehen können, wäre ihm vielleicht ein kleines Grübchen aufgefallen, das sich nach dieser Belehrung im Mundwinkel seiner kleinen Kundin auftat.

„Wird es einmal eine Zeit geben, in der ein Fluß wie dieser kein Hindernis mehr darstellt?", lenkte der Thraker seine Neugier auf ihm bekannteres Gebiet und ein Thema, das leichter zu begreifen schien.

„Es wird eine Zeit geben, in der man lange Brücken baut, um nicht nur breite Flüsse zu queren, sondern auch um ganze Meeresarme zu überspannen. Die Ozeane wird man mit riesigen Booten und Vögeln aus Eisen überqueren."

Der Schritt des Hünen verlor sogleich weiter an Kraft, als wollte ihm das Bild stromübergreifender Brücken die Sinnlosigkeit seines Tuns vor Augen führen. Aber diese Zeit lag noch weit in der Zukunft, und sie waren immerhin bereits ein gutes Stück vorwärts gekommen. Das Ufer, das sie verlassen hatten, lag jetzt so weit hinter ihrem Rücken, dass Dimitros an ein Umkehren nicht mehr denken wollte.

„Schiffe aus Eisen," wiederholte der Thraker mit seinen eigenen Worten,

„aber die müssen doch sinken?"

„Nicht unbedingt", entgegnete die Kleine.

„Es sind sehr starke Schiffe, die nicht von Segeln oder Ruderern, sondern vom Feuer und Dampf ihre Kraft schöpfen. Aber es stimmt. Auch sie können sinken. Genauso wie ein Holzschiff, das leckschlägt."

„Warst du denn auch schon einmal auf so einem Schiff?", wollte der Furtmann wissen.

„Jawohl, sogar auf einem von titanischem Ausmaß. Es war länger als dieser Fluß breit ist. Und dennoch ging es jämmerlich unter wie ein Stein."

„Wie das denn?"

„In einem Land, wo die Berge aus reinem Eis sind, rammte es einen Berg, der im Wasser trieb, wie eine Nussschale. Da lief das Schiff voll und ging mit allen Passagieren unter. Da es so groß war, waren Tausende an Bord."

Christapheros hatte Mühe, sich ein derart riesiges Schiff vorzustellen und noch mehr, eine derart große Besatzung. Im Vergleich zu solcher Größe fühlte er sich wie ein kleiner Fisch im Wasser, dem man zudem noch die Flossen amputiert hatte. Wieder kam er kaum vorwärts.

Das Mädchen fuhr unbeirrt mit der Erzählung fort, und darüber vergaß er wieder einen Teil seiner Mühe.

„Ich selbst war unter den Unglücklichen, die sich auf die wenigen Rettungsboote stürzten, als mir ein Mann den Platz im Boot streitig machte. Ich sagte nichts. Auch er sagte kein Wort. Es war ihm fast peinlich. Sitzen blieb er dennoch."

„Sind denn alle Erfahrungen, die du gemacht hast, so düster?"

„Nein, es gab auch Gutes zu berichten. Einige Männer kämpften wie Löwen, um so viele Frauen und Kinder wie möglich in die Boote zu bekommen, und das Orchester spielte auf dem sinkenden Schiff seine Musik selbstvergessen weiter und immer weiter, damit die Panik nicht zu groß würde. Aber alles das sind die Ausnahmen, welche die Regel zu bestätigen scheinen."

„Erzähle mir noch etwas von meiner Heimat hier", bettelte Dimitros, dem es nach schöneren Geschichten dürstete.

Dimitros kämpfte sich jetzt vorwärts; er musste sich gegen die Fluten stemmen, wie gegen einen Ochsen, der es wagte, ihm die Stirn zu bieten.

„Vor tausend Jahren kamen aus dem Land der beiden Riesenströme die Könige Assurnarsipal, Salmanassar und Tiglatpilesar in den Libanon. Ihr Reich war mächtig und fruchtbar. Ihre Taten aber furchtbar. Obwohl sich sämtliche Krieger ergaben, wurden alle Menschen, die diesem Lande etwas bedeuteten, verschleppt und zum Frondienst gezwungen."

„Du redest nur von Not und Pein", drückte Dimitros zum ersten Male offen seine Enttäuschung aus. Er sah nicht ein, dass die Erde ein Jammertal sein müsse.

„Ich wollte dich nicht enttäuschen, aber die Dinge entwickeln sich nun mal nicht immer so, wie du und ich es uns wünschen."

„Wohin treiben wir denn?", entfuhr es Dimitros. Sie standen jetzt genau in der Mitte des Flusses. Mit der Genauigkeit eines Zirkels konnten die großen Augen des Thrakers die Entfernung zu den beiden Ufern ausmessen.

„Man kann nie vorausplanen, noch voraussehen", sagte das Mädchen, und in ihrer Stimme klang der Fatalismus einer langen Lebensreise durch.

Das Wasser umspülte das ungleiche Paar von beiden Seiten, behände, nicht reißend, aber dunkel drohend, als verstecke es tiefe Abgründe.

„Aber du warst doch in der Zukunft", erwiderte der Thraker.

„Ja, aber ich kann und will sie nicht verändern, denn sie hat sich ja aus dem entwickelt, was die Gegenwart zu bieten hat."

Hier endete die Vorstellungskraft des Hünen. Er hatte zwar die Weisheit des Herzens, aber nicht die tiefen Gründe des Geistes. Zu wenig war er in der Welt herumgekommen, und noch viel zu wenig hatte er von den Pilgern und Wanderern erfahren.

„Ich glaube an das Gute in den Menschen", gab er nur von sich, und es klang wie ein hilfloser Seufzer.

„Das ist auch richtig so."

Mehr sagte die Kleine nicht und fuhr fort, für ihn in Rätseln zu sprechen.

„Sie allein halten die Macht in den eigenen Händen. Zum Guten und zum Schlechten. Aber immer wieder scheint sie ihnen wie ein schlüpfriger Stein zu entgleiten."

Bei diesen Worten achtete der Furtmann sehr auf seinen nächsten Schritt. Das Wort vom schlüpfrigen Stein machte ihn unsicher, selbst wenn das Bild nicht einmal auf ihn gemünzt war.

„Ich versuchte einst, die Macht an mich zu reißen und schlüpfte in die Rolle der höchsten Königin Ägyptens. Ich wollte den Bauern Nahrung und Frieden bringen. Aber noch ehe ich meine Aufgaben erfüllen, noch bevor ich Getreide und Milch verteilen lassen konnte, wurde ich von einer gänzlich fremden Macht aus dem Thronsessel gestoßen. Sie hatten sich mit meinen Verwaltern verbündet und sollten als Belohnung für ihre Intrigen das mächtigste Reich der Erde besitzen."

„Wer sind diese bösen Geister?"

„Sie nennen sich Diener, dienen aber nur sich selbst und schaffen dafür ihre eigenen Gesetze."

Dimitros bewegte sich wieder etwas vorwärts. Als Kind hatte ihn seine Mutter einst auf der Hüfte getragen. Nun waren die Rollen vertauscht. Es gibt Dinge, die sind immer gleich, nur unter anderen Vorzeichen. Er erinnerte sich, dass sein Vater nie am Herd stand, als die Mutter noch gelebt hat. Als sie jedoch gestorben war, und keine Frau mehr den Haushalt besorgte, griff auch der Vater zu Kelle und Löffel. Weder damals, noch ganz früher, hatte sich Dimitros darüber Gedanken gemacht. An seine Mutter erinnerte er sich als fürsorgende und brave Frau. Der Vater hatte Angst, dass sie den Sohn verzärtelte, und er wollte früh einen Mann aus ihm machen. Doch ebenfalls sehr früh war das nicht mehr nötig gewesen. Denn Dimitros war schon hinter dem Bauchnabel seiner Mutter ein Hüne. Zwar strampelte das Kind wenig, doch wenn es sich bewegte, quoll der Bauch der Mutter, als hätte diese einen großen Meilenstein unter ihrem Nabel versteckt. Schon vor der Geburt war sie oft müde und erschöpft, und als Dimitros zur Welt kam, wog er wohl mitsamt dem Mutterkuchen gute zwanzig Pfund. Als Säugling saugte er die Brüste seiner Mutter leer und die einer Amme dazu. Er wuchs schnell, besaß aber von Beginn an ein so friedfertiges Wesen, dass ihn seine Spielkameraden sicher verprügelt hätten, wäre er nicht gleichzeitig so stark und groß gewesen. Es schien, als habe er seiner Mutter ganze Kraft aufgebraucht.

Sie wurde zwar noch ein weiteres Mal schwanger, doch starb die Frucht im fünften Monat, und so wuchs Dimitros allein auf. Nach dem Tod der Mutter trug er für den Haushalt des Vaters Sorge.

„Nichts hält ewig, auch die Gesetze der Menschen nicht."

Dimitros war über seinen Einwurf fast selbst erschrocken, denn er hatte sonst nicht das Zeug zum Redner oder gar zum Prediger. Der Satz kam ihm von den Lippen wie ein Gebet. In Gedanken war er bei Gott. Er dachte plötzlich wieder an die Herkunft des Mädchens. War sie ein Sendbote seines Herrn?

„Sicher, auch diese Erde bleibt nicht ewig wie sie ist, denn alles fließt, genau wie dieser Fluß", erwiderte das Kind.

Dimitros entsann sich seiner Aufgabe und setzte den nächsten mühevollen Schritt Richtung anderes Ufer. Jetzt, wo etwas mehr als die Hälfte der Strecke zurückgelegt war, legte er seine Zurückhaltung immer mehr ab und fand zaghaften Gefallen am Philosophieren, aber auch am Rätselraten.

„Du musst doch sicher ein Engel oder etwas Ähnliches sein?", wagte er jetzt zu fragen.

Früher gab er oft studenlang kein Wort von sich. Seine Sätze, wenn er überhaupt welche zu Stande brachte, waren kurz und abgehackt. Er war es nicht gewohnt, lange Gespräche zu halten, denn auch die Früchte seiner Felder und sein Vieh bot er niemals auf einem Markt feil. Das hätte ihn sicherlich gesprächiger werden lassen. Die Pilger, die er über den Fluß geleitete, waren meist Männer, und neben

Formeln der Höflichkeit und Fragen der Herkunft gab es nicht viel auszutauschen. Er hatte sich niemals groß gefragt, warum so wenige Frauen den weiten Weg nach Jerusalem auf sich nahmen. Für Dimitros waren die Engel weiblichen Geschlechts, auch wenn in der kleinen Kapelle im ganz weit unten jenseits des Flusses gelegenen Dorf alle Heiligenbilder Engel zeigten, die wie tapfere Krieger Lanzen und Schwerter schwangen.

„Nein, das bin ich nicht", entgegnete die Kleine.

Dimitros fühlte sich erleichtert; aber nicht im Geiste, sondern körperlich. Seit er die Hälfte der nassen Wegstrecke hinter sich gebracht hatte, schien es ihm, als käme er ein klein wenig besser voran. Er konnte aber nicht unterscheiden, ob das am Gewicht des Mädchens oder am Überschreiten des Wendepunktes lag, was neue Kräfte freisetzte, oder ob sich sein stämmiger Körper mittlerweile an die Last gewöhnt hatte. Die Reise durch den Styx wurde zum ersten Male für ihn zu einer spannenden Begegnung, über deren Ausgang er im Unklaren blieb. Die Neugierde nahm von ihm Besitz: eine Würgeschlange, die ihre Beute umklammert. Aber obwohl er bereits viel von seiner Scheu abgelegt hatte, wagte er es noch nicht, tiefschürfender zu fragen.

„Was siehst du in der Zukunft Jerusalems?", wollte er jetzt wissen, denn das schien ihm unverfänglich.

„Ich sehe nicht in die Zukunft, ich besuche einfach die Menschen und ihre Zeit", erwiderte das Mädchen.

Dimitros hatte verstanden.

„Warst du irgendwann schon einmal in jener Stadt?", fragte er, der Jerusalem nur vom Hörensagen kannte.

„Ja, zu einer Zeit, als der Hass zwischen den Menschen besonders groß war. Da brachten sogar Mütter die Kinder anderer Mütter um, indem sie sich in Fetzen rissen, und schwere, von Männern gesteuerte Eisenkugeln rissen nicht nur die Erde auf, sondern ganze Häuser nieder, als wären es Ackerschollen, die es umzupflügen gilt."

„Warum tun sie das?", fragte Dimitros einem kleinen Kind gleich.

„Ich weiß es nicht. Die einen scheinen die anderen so stark zu hassen, wie die anderen die einen hassen. Dabei gehören sie sogar zum selben Stamm."

„Das ist tragisch und dumm zugleich", sagte Dimitros.

Gleichzeitig blickte er der bald untergehenden Sonne entgegen Richtung Jerusalem. Er musste sich jetzt beeilen, denn das andere Ufer war noch weit. Von der Flußmitte waren sie nur wenige Meter nach Westen vorwärts gekommen. Die wärmenden milden Sonnenstrahlen gaben Christapheros den zweiten Atem. Auch dachte er an das Mädchen. Er wollte, dass sie noch vor Einbruch der Nacht die nächste Siedlung erreicht.

„Wir schaffen es sicher noch vor Einbruch der Dunkelheit", versuchte er seinen Gast zu beruhigen.

„Ich vertraue dir. Die Vernunft kriecht, aber die Seele reist", kam die Antwort, und sie tat ihm gut, denn Dimitros hatte tatsächlich Angst, es nicht zu schaffen. Die Bilder und Stimmungen, die das Kind in ihm heraufbeschwor, waren nicht immer dazu angetan, seine Selbstsicherheit zu heben, und so schlürfte er unbedarft und zittrig dem Ufer entgegen, obwohl die Kleine ihm nun weniger schwer erschien.

Plötzlich spürte er, wie die Erde unter seinen Füßen bebte. Ein kurzes Rucken ohne jeden Ton schien sein Gewicht hin und her zu tragen. Gedämpft durch das Wasser fühlte er die Erschütterungen wie das Schlagen einer großen, kräftigen aber weichen Flosse gegen seine Hüften. Starr und konzentriert blickte er zum näheren der beiden Ufer hinüber. Von einem der Felsen am Westufer löste sich ein großer ockerfarbener Block krachend in die Tiefe und blieb sogleich wenige Meter vorm Wasser liegen. Der Horizont schien in kurzen heftigen Wellen zu vibrieren. Die noch bis vor Kurzem ach so klare Luft über dem Land füllte sich mit feinem Staub.

Hin und wieder hatte er ein Erdbeben erlebt, aber noch nie war es geschehen, während er sich mitten im Fluß befand.

„Ein Erdbeben!", rief er aus.

„Hast du so etwas schon einmal erlebt?"

Christa blieb ganz ruhig.

„Ich erinnere mich an Lissabon in Lusitanien, eine Stadt am Ende der Welt. Dort gab es im Jahr des Herrn 1755 ein Beben, das war zehn Mal stärker als dieses", sprach sie bloß.

„Unvorstellbar", entwischte es dem Hünen.

Er war wieder stehen geblieben, da das Schwanken des Grundes ihn vollends verunsichert hatte.

„Es gab Abertausende Tote und noch mehr Verletzte. Aber was besonders bitter war: viele kamen nur deshalb um, weil ihre Häuser so schlampig gebaut waren. Wenn die Erde bebt, kommt häufig die Wahrheit zum Vorschein. So ist es bei allen Erschütterungen", entwich es der Kleinen, die sich jetzt ganz fest um den Hals des Thrakers klammerte.

„Aber schlimmer als jedes Erdbeben sind die Kriege", sprach sie weiter.

„Denn sie sind es, die das größte Leid über die Menschen bringen. Es gibt deren Tausende, und stets werden unzählige Kinder, Frauen und alte Leute misshandelt. Der Sieger macht seine Macht zum Recht, und wer die Macht hat, bedient sich ihrer wie selbstverständlich. Auch das größte Reich der Erde hat seinen Ursprung in Frauenraub und Vergewaltigung. Im Krieg sind die Mörder stets untereinander Kumpan. Was mich besonders traurig macht, ist, dass diejenigen, die den Krieg ächten wollen, als Vaterlandsverräter gelten."

„Und was denkst du, können wir dagegen tun?", wollte der Thraker am liebsten mit ihr zusammen eine Lösung finden, und sofort vergaß er die kurz zuvor schwankende Erde wieder.

„Wir müssen in die Haut der anderen schlüpfen, so wie ich es in all den Jahrhunderten getan habe. Nur so können wir verstehen", belehrte ihn die Kleine.

„In wessen Haut warst du denn noch alles?"

Dimitros strengte sich an, weiter vorwärts zu kommen. Die Erde war wieder ruhig und der Horizont gerade und klar.

„In der Haut einer Künstlerin, die mit ihren Bildern die Grausamkeit des Krieges anprangerte. Die Leute haben auf mich gespuckt und meine Werke verbrannt. Das traf mich mehr als alles andere, denn ich war überzeugt von dem, was ich tat. Dann war ich einmal eine Politikerin, die die Armen und Benachteiligten zu einer großen Bewegung vereinen wollte, damit sie ein würdiges Leben führen konnten. Sie haben versucht, mich zu ertränken."

„Wenn dir so wenig Erfolg beschieden war, warum wanderst du dann durch die Welt und durch die Zeit?", wagte Dimitros in einer Mischung aus Neugierde und zum ersten Male einer Spur von Provokation zu fragen. Er spürte eine Spannung, die nach Auflösung drängte. Er wollte es nicht mehr bei den Klagen der Kleinen bewenden lassen. Er suchte die Auflösung, wollte seine Katharsis, war er doch deutlich von der Mitte des Flusses entfernt und merkte, dass die Gelegenheit am Schopf zu packen war, denn vielleicht kam sie bald nie wieder. Jetzt fühlte er auch viel weniger das Gewicht des Mädchens, ja es kam ihm vor, als wäre sie um einiges leichter geworden. Zwar schien sie ihm noch immer schwerer als ein neu geborenes Kalb, doch der Unterschied zu den Augenblicken seiner ärgsten Pein war deutlich. Vielleicht lag es allein schon daran, dass er sich jetzt auf einmal getraute, fordernd zu sein.

„Ich bin beauftragt", sprach das Mädchen kurz und trocken.

Obwohl sie die drei Worte weder bedeutungsschwanger, noch hochmütig von sich gab, fiel Dimitros in seine Schüchternheit zurück. Der Stolz in ihrer Stimme war ihm nicht entgangen. Er hätte fragen können: „Von wem?", doch brachte er zunächst kein Wort mehr heraus. Er stellte sich die Frage innerlich, wagte aber nicht, sie zu äußern. Stattdessen nahm er all seine Kraft zusammen und strebte dem anderen Ufer entgegen, denn die Sonne sank immer tiefer. Ein roter Feuerball tauchte alles in ein mildes, aber auch glühendes Abendlicht.

Er kam gut vorwärts, und bald schien das Ufer zum Greifen nahe. Das Mädchen auf seinen Schultern war ihm eine Last, die er jetzt mit wenig Mühe schulterte. Ja er hatte zum ersten Male das Gefühl, nur ein kleines Kind über den Fluß zu tragen. Vergessen waren die schleppenden Schritte im tiefen Wasser und alle Momente des Zweifels. Je schneller sich das Ufer näherte, je flacher der Styx wurde, desto leichter schien ihm die Kleine.

Plötzlich ging alles viel zu schnell. So schnell, dass es Dimitros fast leid tat, auf die andere Seite zu gelangen. Sie waren noch knapp zehn Meter vom Trockenen entfernt, als er merkte, das die Zeit reif war, jene Fragen zu stellen, die er eigentlich schon seit langem hätte stellen können, hätte stellen sollen, die ihm aber erst jetzt wie Feuer auf der Zunge brannten: „Ist es dein Vater, der dich beauftragt hat?"

Dimitros Christapheros merkte, wie ihm das Blut die Halsschlagader hoch schoss. Es war zum einen die große Eile, die er sich auf den letzten Metern auferlegte, um seinen Furtgast vor der Dunkelheit an Land zu bringen. Zum anderen spürte er eine innere Unruhe, wie ein junger Liebhaber, der zum ersten Male seine Angebetete um die Hand bittet. Er wusste, dass ihm nicht mehr viel Zeit blieb, und so befleißigte er sich ohne Scheu, das Mädchen direkt zu fragen. In der kurzen Pause, die zwischen Frage und Antwort in der Luft hing, machte der Hüne noch einen weit ausladenden kräftigen Schritt, so als gelte es, das Wasser des Styx in zwei zu teilen.

„Nein.", sagte die Kleine nach nur wenigen Sekunden.

Dimitros war verblüfft. Damit hatte er nicht gerechnet. War das Mädchen gar nicht einmal ein Engel? War sie vielleicht bloß ein ganz normales Kind, nur mit viel Phantasie und etwas Lebensweisheit ausgestattet? Aber warum war sie dann so mutterseelenalleine auf die Pilgerreise nach Jerusalem gegangen? Wieso hatte er, der Hüne aus Thrakien, das Gefühl gehabt, als trüge er die ganze Welt auf seinen Schultern?

Vielleicht war alles nur Einbildung oder ein Traum. Schließlich war sie ja gar nicht mal so schwer. Jetzt kam sie ihm vor wie ein Federchen, das zart seinen Hals kitzelte. Er hatte sich sicher die ungeheure Last nur eingebildet. Schließlich war er ja nicht mehr der Jüngste.

Es fehlten ihm jetzt noch zwanzig Schritte bis zum Ufer. Das Wasser reichte ihm nur noch bis zu den Oberschenkeln. Mit seinen kraftvoll ausladenden Schritten trieb er sich selbst die Gicht bis an den Bauch hoch.

Plötzlich fing das Mädchen von sich aus zu reden an.

„Meine Mutter hat mich geschickt", sagte sie nur.

Dimitros nahm es ohne große Erregung zur Kenntnis. Er blickte auf das nahe Ufer, wo der durch das kurze, heftige Erdbeben von seinem Sockel gestoßene Felsbrocken ruhig und sicher auf der jetzt glutroten Erde ruhte. Er dachte bei sich, dass das doch eine merkwürdige Mutter sein musste, die ihr kleines Töchterchen ganz allein auf Pilgerschaft schickte.

Sofort drang ihm die eigene Mutter ins Gedächtnis und wie besorgt sie doch immer um den kleinen Dimitros gewesen war. Wie viel Angst hatte sie um ihn gehabt, wenn er nur einmal weiter als eine halbe Meile von zu Hause weg ging. Wie viel Freude hatte sie immer dann ausgestrahlt, wenn er mit seinem Vater wieder von einem kurzen Ausflug nach Hause kam. Die Erinnerung schmeckte zunächst süß auf seinen trockenen Lippen wie Tropfen von Malvasierwein, dann aber überwog die Trauer über den jähen Verlust auch noch nach Jahrzehnten. Um sich aufzurichten, fügte sich Dimitros in das Unvermeidliche und sprach für sich selbst wie ein alternder Prediger: „Die Wege des Herrn sind unergründlich."

Er starrte aufs nahe Ufer. Bald würde dieser Auftrag zu Ende gebracht sein. Er hatte nie gezählt, wie viele Menschen er sicher über den Fluß geleitet hatte. Es mögen sogar Zehntausend gewesen sein. Viel hatte er nie mit ihnen geredet. Doch von diesem einen Passagier wollte er noch etwas mehr wissen, und die Zeit drängte immer heftiger.

„Sag mir, Christa, wer ist deine Mutter?"

Seine Stimme rutschte ungewollt in ein leises Flehen ab. Das Rauschen des Wassers war fast verstummt. Obwohl er leise sprach, hörte er sich selbst klar und deutlich. So ging es auch dem Mädchen.

„Gott", sagte sie nur.

Dimitros brauchte einige Augenblicke, um zu verstehen. Die Sonne lag jetzt als roter Flammenball auf dem Horizont, als würde sie gerade noch von der Erde getragen und kämpfe darum, nicht unterzugehen. Die Luft war angenehm lau.

Sie waren am Ufer angekommen, und Christapheros ließ es sich nicht nehmen, seinen Gast mit einer letzten großzügigen Geste aufs Trockene zu bringen. Dimitros war gerade im Begriff, Christa an den Hüften zu packen und mit einem eleganten Schwung, wie er nur durch jahrelanges Üben gewonnen werden kann, an Land zu setzen. Sie war wieder so leicht wie in jenem Augenblick, als er sie auf die Schulter genommen hatte. Er bückte sich etwas nach vorne, um ihr den Abstieg zu erleichtern. Als er sich wieder aufrichtete, stand sie vor ihm. Ihr Rücken war lang und geschwungen wie eine Weidenrute. Die blonden Zöpfe des Mädchens waren jetzt offen und hingen in langen Strähnen bis zum Ansatz ihres Pos, der sich unter ihrem nassen Baumwoll-kleid abzeichnete. Nie hatte Dimitros so etwas gesehen. Jetzt, auf seine alten Tage stand eine der schönsten Frauen der Welt vor ihm, dem sanften Hünen aus Thrakien.

Sie drehte sich zu ihm um.

„Ich danke dir, Dimitros. Du bist ein guter Mann."

Während sie die letzten Worte sprach, atmete sie ein, und ihre Brust hob sich, so dass sich ihr Busen als spitze Kuppeln von ihrer nassen Kleidung abhob. Ihre Brüste schienen ihn anzustarren. Zart und fest zugleich zeichneten sie sich hinter dem klebrigen Stoff ab. Sie hielt ihren Kör-per aufrecht als trage sie voller Grazie einen Wasserkrug auf ihrem Kopf. Da sie einen Fuß höher auf dem trocke-nen Ufer stand, sah sie Dimitros auf gleicher Höhe tief in die Augen. Das kleine Mädchen mit den lustigen Zöpfen hatte sich in eine stolze Frau verwandelt. Ihre stahlblaue Iris schien den Thraker hinwegzuschmelzen. Dimitros konnte ihr nur kurz in die Augen blicken. Ihr wohlgeform-ter Körper hob sich als sternenbesetzte Silhouette von den langen Schatten der vereinzelten Büsche am Ufer des Styx ab.

Dimitros schämte sich, weil es ihm nicht gelang, seine Augen von Christa abzuwenden. Er verweilte eine Ewigkeit auf ihren Brüsten und wagte nicht, tiefer zu blicken. Seine Gedanken kreisten um die letzten Worte, die Christa ihm zugesprochen hatte. Er wäre wohl zur Salzsäule erstarrt, hätte sich die junge Frau nicht sanft und ohne ein weiteres Wort umgedreht und ihren Weg nach Jerusalem fortgesetzt. Erst als die Sonne untergegangen und der Mond erschienen war, legte sich Dimitros Christapheros am anderen Ufer nieder und schlief langsam ein.

Kimme, Korn, ran

Sein Auto war das, was man eine typische Raucherabsteige nannte. Der kalte Rauch saß nicht nur im ewig vollen Aschenbecher, er klebte auch in den Türritzen und Polstersitzen. Wenn Friedbert Rausch hinter dem Steuer saß, glich die Reise einem Blindflug für Pilot samt Passagieren. Rauchschwaden warmen Zigarettendampfes machten die Strecke zwischen seinen Brillengläsern und der Windschutzscheibe zur Nebelwalze. Leute, die Kontaktlinsen trugen, waren doppelt zu bemitleiden, denn sie konnten sich nicht einmal die Augen reiben, um sich ein wenig Linderung zu verschaffen.

Dafür, dass er im geschlossenen Raum nichts sah, dafür fuhr dieser Kettenraucher erstaunlich gut. Sein Crèmeschnittchen, wie man zu jener Zeit die Wagen der Klasse Renault 4CV nannte, war innen pfui und außen hui, besaß keine Schramme, und das, obwohl Friedbert Rausch die stolzen 751 Kubikzentimeter seines Wagens vornehmlich im Stadtverkehr einsetzte. Nun war die Stadt Homburg nicht gerade Paris oder London, aber dafür, dass er sich bereits im zehnten Jahr mit demselben Auto fortbewegte und bisher keinen Unfall gebaut hatte, war ihm seine Versicherung dankbar.

Dankbarkeit empfand auch der Autoelektriker. Denn das Crèmeschnittchen war des Öfteren in der Werkstatt.

Das Kondensat schlug sich auch auf den Kontakten nieder und setzte ein fürs andere Mal ein elektrisches Aggregat außer Betrieb. Besonders, wenn der Zigarettenanzünder davon betroffen war, musste Friedbert Rausch unbedingt sofort Abhilfe schaffen und fuhr in die Werkstatt.

„Hallo Berti, na, wo hakt's denn wieder mal?", pflegte Schulze, der Elektrikermeister, ihm dann schon von Weitem zuzurufen.

„Ich verstehe das einfach nicht. Gestern lief die Scheibenwaschanlage noch problemlos, und heute Morgen plötzlich machte es patsch ... und nichts mehr."

„Wird wohl wieder 'n Kurzer sein. Die Sicherungen hast du überprüft?"

„Ja, sind alle noch ganz."

„Na dann schauen wir 'mal."

Damit kam das graugrüne Kfz wieder einmal für kurze Zeit in die Obhut des Stromflussmeisters, während Friedbert hinüber zu Kujats Kiosk spazierte, um sich die Zeit zu vertreiben. Er wusste aus Erfahrung, dass die Reparatur höchstens eine Stunde in Anspruch nehmen würde. So lange brauchte der Autoelektriker, um im Ausschlussverfahren der Ursache des Fehlkontaktes auf die Spur zu kommen.

„Hallo Friedel, wie geht's denn so?", plapperte in jovialer Selbstsicherheit der Mann, der gleichzeitig Herr über ein riesiges Rauchwaren- und Zeitschriftenlager war. Die beiden fingen an, über Fußball zu diskutieren.

„Kaiserslautern hat gegen die Münchner Bayern doch keine Chance."

„Aber abschlachten lassen, werden sie sich auch nicht. Ich tippe auf unentschieden", orakelte Friedbert Rausch. Spiel 4 war also für ihn klar eine Null. Er füllte seinen Tipzettel aus: 4, 7, 8, 22, 30, 39 und dann noch 4, 8, 11, 35, 37, 39. Zusatzzahl jeweils 20. Zwei Rechtecke sollten reichen. Er war ein sparsamer Mensch. Darum benutzte er nicht alle sechs Felder, sondern begnügte sich mit dem Minimaleinsatz. Mehr als eine Mark setzte er nie aufs Spiel. Dennoch gewann er hin und wieder. Allerdings meist nur im dritten Rang, was lediglich für ein kleines Geschenk an die Ehefrau oder für eine Runde Bier am Stammtisch reichte, während der zweite Rang schon Mal ein paar Monatsgehälter ausmachte, und man sich mit dem ersten Preis ein kleines Auto hätte kaufen können. 6 aus 39 war ein Armeleutespiel.

Friedbert arbeitete als Filmvorführer. Während das für Vater Rausch ein Brotjob wie jeder andere war, hielten es seine beiden Söhne eindeutig für einen Traumberuf. Denn dadurch, dass der Papa als menschlicher Kinoprojektor arbeitete, durften sie immer die neusten Filme gratis sehen. Sei es, dass sie sich im Vorführraum um die riesige Metalltrommel scharten und durch eine der drei rechteckigen Aussparungen in der Rückwand des Kinosaals lugten, sei es, dass sie von den Kontrolleuren ohne Ticket nach Beginn der Vorstellung – wenn alles bereits abgedunkelt und unter der Voraussetzung, dass nicht alles ausverkauft war – in den Saal gelassen wurden. Der Besitzer des Lichtspielhauses hatte nie etwas dagegen, und so waren die beiden Söhne Friedberts wohl in der ganzen Stadt die bestinformiertesten Kinder – zumindest was das amerikanische und europäische Kino anbelangte. Pascal und Paul, so hießen die beiden, kannten sich so gut aus, dass sie sogar mit den Erwachsenen mitreden konnten.

„Was für eine tolle Explosion. Hast du gesehen, wie der Munitionswagen der Banditen hochgegangen ist?"

„Wow."

Karl May-Filme hatten es den beiden besonders angetan, und ihre Lieblingsfigur war Old Shatterhand, der Blutsbruder Winnetous, des tapferen Häuptlings der Apachen.

Friedbert konnte sich weit weniger als seine Kinder fürs Kino begeistern. Er wusste zu gut, dass alles nur Blendwerk blieb. Sein Vergnügen war, jeden zweiten Samstag ein Regionalligaspiel im Waldstadion anzusehen. Wenn er ein wenig Geld sparen wollte, ging er an jenen Ort, den die Einheimischen Kirrberger Tribüne nannten. Die lag hinter der Stadionmauer in einem Buchenmischwäldchen. Zwischen den Bäumen stehend, konnte man bereits in Längsrichtung auf das Spielfeld blicken, während die jüngeren und sportlicheren Zuschauer auf die größeren Äste kletterten, um einen besseren Überblick auf das Ballgeschiebe unter ihnen zu bekommen. Die Stadt hatte zwar Maschendraht über die Stadionmauern gespannt, aber der schränkte das Vergnügen beim Schwarzsehen nur unwesentlich ein. An schönen sonnigen Tagen standen über hundert Schwarzseher im Wald und guckten über die Betonwälle aufs Grün. Wenn eher zweitklassige Gegner aufliefen, verzichteten auch schon mal eingefleischte Fans des FC 08 Homburg auf ihr Eintrittsticket und schauten sich das Spiel von außen und von weitem an. Das entlastete die Haushaltskasse. Um nicht als Trittbrettfahrer zu erscheinen, kamen sie meist etwa zehn Minuten nach dem Anpfiff wie rein zufällig vorbeispaziert und hielten inne. Oder sie gingen – meist war das Spiel dann bereits entschieden – eine Viertelstunde vor Abpfiff. Das signalisierte Großzügigkeit in der Auslegung dessen was unter „freiem Eintritt" zu verstehen war.

Obwohl sein Gehalt als Filmvorführer bescheiden war, lebte Friedbert recht gut, denn seine Mietwohnung war subventioniert. Und zwar durch den Kinobesitzer. Er wohnte direkt neben dem Projektorraum in einer kleinen Dreizimmerwohnung. Wenn nicht gerade die Zuschauermassen zu den Samstagabendvorstellungen herbei- oder herausströmten, war sie auch sehr ruhig. Lediglich die Spätvorstellungen am Wochenende störten, aber das betraf eh nur seine Frau, denn er selbst stand ja am Vorführapparat, und die Söhne saßen entweder im Saal oder waren mit Freunden ausgegangen.

Die Arbeit am Projektor war einfach. Er musste vor allem aufpassen, dass es nicht unversehen zu einem Filmstop kam, denn dann schmolz das Zelluloid, und auf die Leinwand wurden in gleißendem Licht hässliche braune Blasen geworfen. Dann war die Vorstellung meist für fünf Minuten unterbrochen. So lange brauchte Rausch, um die durchgeschmorte Stelle zu flicken. Ohne seine Anwesenheit hätte stets die Gefahr einer Brandkatastrophe bestanden. Darum ging er auch immer vor Beginn jeder Vorstellung aufs Klo. Er war gewissenhaft. Es kam nie vor, dass er während der Vorführung austreten musste. Wegen dieser Verlässlichkeit schätzte ihn der Besitzer des „Rex" und des Tochterunternehmens „Eden" und ließ ihn gleich im selben Hause günstig wohnen. Das war für die beiden auf so unterschiedlichen Hierarchiestufen stehenden Männer ein Segen. Der Lichtspielhausmogul konnte Sozialabgaben sparen, die durch ein allzu gutes Gehalt entstanden wären, und auch Friedbert Rausch sparte Steuern und allerlei weitere Abzüge. Die fehlenden Mietzinseinnahmen musste sein Chef wiederum nicht versteuern. Dadurch konnte Friedbert hin und wieder einen Batzen zurücklegen, was ihm und seiner Familie erlaubte, einmal im Jahr oder wenigstens alle zwei Jahre in Urlaub zu fahren. Das Ziel konnte der Schwarzwald sein, aber auch das Elsass oder die lothringische Seenplatte. Einmal ging die Reise gar bis ins sonnige Italien, eine halbe Weltreise, wo sie zu viert zwei Wochen am Meer verbrachten. Als einziger wagte sich der Papa gar nur wenige Meter bis an die Kniescheiben ins Wasser, denn er hatte nie schwimmen gelernt.

„Salzwasser trägt auch dünne Menschen, versuch's doch wenigstens mal", forderte die Frau ihn auf, aber das war vergebliche Liebesmüh.

Auf seine Tage mittleren Alters wollte das nicht mehr klappen. Da nützte es auch wenig, dass ihn die beiden Söhne auf jeder Seite an Bauch und Schmalseite festhielten. Er bekam die Bewegungen schlichtweg nicht richtig koordiniert. Er lag wie ein geschälter Pfälzer Spargel im Wasser. Sobald er die zum Beten gefalteten Hände nach vorne stieß, vergaß er die Oberschenkel, und wenn er kräftig aus der Hüfte heraus das Wasser treten sollte, ruderte er nur hilflos mit den Armen vor seinem Kopf herum, den er mit steif gestrecktem Hals mühsam über der Wasseroberfläche hielt.

Schließlich beschränkte er sich auf den Liegestuhl und ein paar harmlose Strandspiele. Am liebsten hatte er dabei Boule. Aber auch darin wurde er von seinen Söhnen übertroffen. Meist kämpfte er mit seiner Frau um den dritten Platz, während vor allem Pascal eine ungemein ruhige Hand zeigte und die Kugeln fast immer zielgenau zum Schweinchen hin dirigierte.

Sich selbst hielt er gar nicht einmal für unsportlich. An freien Tagen, wenn ihn der Kollege vom anderen Kino vertrat, ging er „laufen". Dann zog er sich den Trainingsanzug an, ein marineblauer Zweiteiler mit weißen Seitenstreifen und legte mit beschwingter Gangart den Weg von seinem Haus bis zum Rabenhorst, zur Spelzenklamm oder bis zum Schießhaus zurück. In diesen Waldgasthöfen pausierte er bei einem Urpils und einer Zigarette, bis er genug Kraft für den Rückweg getankt hatte.

„Die Zeit vergeht schnell, aber schnell ist wieder viel Zeit da", pflegte er dann zu sich zu sagen, um sich zum Abschluss ein Zigarettchen anzustecken.

Friedbert Rauschs Leben verlief geordnet. Ohne große Höhen und Tiefen zog es seine Bahn. Ehrgeiz war nie Rauschs Triebfeder, und nie war klar, ob es die mangelnde Gelegenheit war, sein inneres Feuer zu entzünden oder ob umgekehrt die Begierde nach Mehr nicht genug vorhanden war, um bei ihm eine Lunte zu legen, die ihn eines Tages explodieren lassen und aus seinem Trott heraustreiben würde.

Aber wozu etwas begehren, was man gar nicht will? Rausch war mit seinem Leben zufrieden, so wie es war. Er hatte sich noch ein klitzekleines Stück kindlichen Spieltriebs bewahrt, und das reichte ihm für sein persönliches Glück. Er genoss es, nach drei Vorstellungen in die dunkle Nacht herauszutreten und Rauchkringel in die kühle Luft zu blasen. Damit war der Rhythmus seiner Tage und Abende, seiner Werkstunden und Wochenenden vorgezeichnet.

Eines Tages warf er eine Postkarte in den Briefkasten. Mit ihr bewarb er sich als Mitspieler in einer Fernsehshow. Das war der „Goldene Schuss". Paul und Pascal hatten ihn dazu überredet, denn schließlich wurde in Vico van Burgs Samstagabendshow scharf geschossen, und das gefiel seinen beiden Söhnen natürlich sehr. Die Bewerbung war schnell abgefasst, die Überraschung aber umso größer, als F. Rausch tatsächlich ausgewählt wurde. Er hatte wohl selbst nicht damit gerechnet und wusste gar nicht recht, wie ihm geschah.

Als er den Brief öffnete, musste er ihn zweimal lesen. Stand da etwa wirklich sein Name auf dem Briefkopf? Tatsächlich. Irrtum war ausgeschlossen, selbst wenn es ihm vollkommen unwirklich schien. Er war auserwählt. Als einer von Abertausenden.

Urplötzlich gehörte er bereits im Vorfeld der Show zur Prominenz. Zumindest in der kleinen Stadt. Die Leute wechselten absichtlich kurz vor ihm die Straßenseite, um mit ihm zusammenzustoßen und um wie beiläufig fragen zu können, wann denn der große Augenblick da sei. Erfahren hatten sie von alledem im regionalen Teil der Tageszeitung. Rauschs Frau hatte eigenhändig der Saarbrücker Zeitung telefoniert. Für einmal wollte sie auch etwas Ruhm abgeklatscht bekommen. Sie, die mit drei Männern im Haus gesegnet, ihren Tag nur zwischen Waschmaschine, Kochherd und Bügelbrett zu verbringen schien. Für den Reporter, der die Meldung über Rauschs Glück auf der ersten Seite des „Käseblättchens" brachte, war das für einmal etwas anderes als die todlangweiligen Monatstreffen des Kaninchenzüchtervereins.

Die Sendung „der goldene Schuss" war außerordentlich beliebt. In ihr schoss ein Prominenter mit verbundenen Augen per Armbrust auf eine Scheibe mit dem Abbild eines roten Apfels in der Mitte. Geführt wurde er dabei von einer weit weniger prominenten Person vor Ort oder am Telefon, die dem blinden Schützen die Anweisung gab, sein Gerät nach rechts, links, oben oder unten zu steuern, bis dass sich für alle Fernsehzuschauer sichtbar Ziel und Visier überdeckten. Da galt es, sich zu beeeilen und sofort „Schuss" zu rufen, solange das Ziel noch richtig im Kreis des Kornes lag. Dem besten Schützen aus dem einfachen Volke winkte ein Batzen voller Geld. Wer sonst noch ins Schwarze traf, bekam immerhin einen erklecklichen Trostpreis.

Rauschs Vorfreude auf die Show war um einiges größer als seine Nervosität. Vor dem Schlafengehen ging er in seiner Phantasie bereits alle Stufen des goldenen Schusses durch. Das Verbinden der Augen, das Anlegen des Bolzens, die präzisen Befehle. Alles lief wie am Schnürchen, oder eben: nach Kommando.

Im Gegensatz zu seinem mageren Toto-Glück schien er das große Los gezogen zu haben. Er lief durch die Stadt und freute sich wie ein kleines Kind. Bei Kujat erzählte er, was er mit einem allfälligen Gewinn kaufen könnte. Und dann würde er natürlich mit seiner Frau einmal richtig fein Essen gehen, so wie es sich gehört. Schließlich lautet eine saarländische Devise: „Immer nur gut gegessen und getrunken, denn geschafft haben wir schnell."

Aber eine große Lippe riskierte Friedbert Rausch nicht. Er zeigte lediglich offen seine Gefühle. Dabei legte er gleichzeitig eine so gleichgültige Haltung an den Tag, dass er sich aller Leute Sympathien angelte. Das fing morgens beim Brötchenholen an, wo er sich der Bäckersfrau gegenüber benahm wie immer. Kein Zeichen von Starallüren war da auszumachen. Er redete nie von selbst über seine klammheimliche Vorfreude auf das große Ereignis. Man konnte aber auch nicht sagen, dass er sich die Würmer aus der Nase ziehen ließ, mit der Einladung kokettierte oder sich aufplusterte, als sei er jetzt etwas Besseres. Er benahm sich wie immer. Das war es, was ihm den uneingeschränkten Respekt der Mitbürger eintrug.

Die fanden es eine kleine Sensation, dass einer aus ihren Reihen beim „Goldenen Schuss" teilnehmen sollte und fieberten ein gehöriges Stück mit. Bestand jemand hartnäckig darauf, von Friedbert mehr zu erfahren, gab dieser sofort bereitwillig Auskunft. Allzu viel Ungewöhnliches gab es schließlich nicht zu erzählen. Wenn überhaupt etwas interessierte, so war es das, was in Friedbert Rausch vorging. Dann erzählt er freimütig von seinen Plänen: wie er den Geldgewinn anlegen oder den Sachgewinn nutzen würde, dass er aber vor allem und so oder so öfter mit der Familie Urlaub machen würde.

Als der große Tag näher rückte, nahm die Nervosität doch spürbar zu. Statt anderthalb rauchte Friedbert Rausch zwei Pakete Roth-Händle am Tag, was Hans Kujat, seinem Zigarettendealer nach wenigen Tagen auffiel.

„Jetzt ist es bald soweit, gell?", versuchte er mit Friedbert ins Gespräch zu kommen.

„Ja, noch eine Woche bis zum goldenen Schuss. Ich bin schon etwas nervös".

„Wird schon hinhauen."

Das dachte auch Friedbert Rausch. Der „Goldene Schuss" ist wie das Elfmeterschießen beim Fußball. Vier von fünf Bällen werden versenkt. Aber obwohl die Erfolgschancen groß sind, ist der Schütze immer mehr oder weniger nervös, hat Angst zu versagen.

Friedbert Rausch konnte an seinen Klimmstengeln Halt suchen. Mehr Training hielt er für überflüssig. Seine Frau allerdings schickte ihn zur Entspannung jeden Tag in den Wald, wo er frische Luft schnappen sollte, das Hirn schon mal mit Sauerstoff voll laden. Dabei war diese Empfehlung nicht ganz uneigennützig, denn wenn Friedbert nicht gerade eine Zigarette an der rechten Unterlippe kleben hatte, so sorgte bereits seine Anwesenheit für kalten Rauch, der die kleine Wohnung versiffte. Manchmal wusste seine Frau nicht, was schlimmer war, der wärmende, aber beißende Qualm aus den Nasenflügeln ihres Mannes und die Rauchwölkchen und Kringel aus seinem Mund oder die kühlen

Ausdünstungen aus seinem Wollpulli. Die beste Abhilfe war dann der Hausverweis. Ins Freie verbannt, qualmte Friedbert dann umso hemmungsloser, während zuhause die Türen und Fenster offen standen, sich das Heim vom Menschen erholte.

„Na Friedel, übst du schon?"

wollte ein guter Bekannter wissen, der in der Absicht, einen Gesprächspartner zu finden, in den Wald getingelt war.

„Ja, vor allen Dingen das Krawattenbinden."

Er besaß nur einen einzigen Sakko und vier weiße Hemden. Für den großen Tag hatten ihm seine Söhne eine chique Seidenkrawatte mit kleinen feinen Schweizer Kreuzen gekauft. Der rote Binder setzte sich kräftig vom anthrazitfarbenen Anzug ab, und die über hundert kleinen, weißen Kreuze gaben seinem Outfit eine exquisite Note, wie seine Frau ihm gegenüber vorm Spiegel über die Schulter blickend anmerkte.

Die Unfähigkeit, einen doppelten Knoten zu binden, teilte er mit anderen Einwohnern der Kleinstadt, wie sich im Gespräch mit seinem Bekannten rasch herausstellen sollte. Zwar coachte ihn seine Frau heftig, aber mehr als ein einfacher Schleifenwurf wollte ihm trotz professioneller Anleitung nicht gelingen.

Einen Tag vor der Show reiste Friedbert Rausch an. Das Crèmeschnittchen blieb in der Garage, denn er kam mit der Bahn. Die Kosten übernahm der Veranstalter. Er wurde vom Zweiten Deutschen Fernsehen im besten Hotel der Stadt untergebracht, vielleicht ein kleiner Vorgeschmack auf neuen Reichtum. Zum allerersten Male kam er mit dem schönen Schein des Luxus in hautnahe Berührung. Die Wasserhähne waren vergoldet oder sahen zumindest so aus, die Minibar war prall gefüllt. Aber nachdem er sich einen Piccolo Sekt auf Senders Kosten eingeflößt hatte, kam rasch Langeweile auf. Er fühlte sich einsam in diesem Hotelzimmer voller sterilem Überfluss, aber ohne die Menschen, die er für gewöhnlich um sich hatte. Er ging ins Hotelrestaurant, aber da war auch niemand, den er kannte, niemand mit dem er reden konnte. Er aß schweigend ein großes Lachssteak und zur Nachspeise einen Eisbecher. Nachdem er alles auf die Hotelrechnung setzen ließ, trat er in die Nacht hinaus und rauchte eine. Zwei Zigaretten wurden es dann schließlich, denn die Verdauung wollte sich nicht sofort einstellen. Er bließ etwa fünfzig Kringel in den lichtverschmutzen Großstadthimmel. Zurück in seinem Zimmer, konnte er schließlich recht schnell einschlafen, obwohl seine Gedanken noch kurz beim morgigen Showdown hängenblieben. Er schlief einen gerechten Schlaf, schließlich war es ja nicht er, der schießen musste.

Das Frühstück schlang er herunter, da er es nach dem gestrigen Abend nicht ertrug, erneut alleine am Tisch zu sitzen. Er wurde schließlich von der Produktionsassistentin erlöst, die ihn zum Sender abschleppte. Nach einer kurzen Einführung in den Tagesablauf ließ sie ihn wieder frei. Bis zum frühen Vorabend konnte er sich die Stadt anschauen. Er strollte durch die Auslagen von Modeboutiquen und Reisebüros, schaute kurz in einem Spielsalon vorbei, weil es Derartiges in seiner kleinen Heimatstadt nicht gab, verkniff sich jedoch jeden Einsatz. Gewinnen wollte er erst am Abend.

Am späten Nachmittag war sein nächstes Rendez-vous die Maske. Friedbert wurde gepudert und geschminkt. Hier wurden die Augenbrauen etwas gebändigt, dort ein paar widerborstige Häärchen abgeschnitten und vor allem immer wieder viel, viel gepudert. Die lange Sonderbehandlung aus zarter Frauenhand tat ihm kurz vor seinem Auftritt sichtlich gut. Danach gab es noch ein paar Schnittchen, schließlich wollte das ZDF nicht, dass einer der Kandidaten mitten in der Sendung kollabierte. Vor dem Auftritt, wurden noch rasch die Zähne geputzt. Hier bekam Rausch eine Spezialbehandlung: Eine strahlend perlweiße Haftcrème musste seine vergilbten Beisser übertünchen.

„Rauchen Sie viel?", fragte ihn der Maskenbildner.

„Nur ein paar am Tag", untertrieb der Kandidat.

Als er vom holländischen TV-Großmeister dem eingepeitschten Publikum vorgestellt wurde, fühlte er sich selbstsicherer als man es je erwarten konnte. Seine Stimme hatte jenen Rauchereinschlag, der bei Männern als markant, bei Frauen als verrucht gilt. Dass die Zuschauer ihm zuapplaudierten, war für ihn auf einmal das Normalste der Welt. Er war schließlich Teil der Show, gar einer der wichtigsten Akteure. Für das Publikum auf alle Fälle, denn die fanden den kleinen dunkelhaarigen Mann mit der tiefen Stimme putzig.

„Petra, den Bolzen",

befahl Vico van Burg seiner Assistentin. Die legte das Geschoss auf die Schiene der Armbrust, während das Filmsternchen am Abzug mit verbundenen Augen in die Kamera grinste.

„Kimme, Korn, ran."

Das Spiel konnte losgehen.

„Links, rechts, links, höher, rechts, rechts, rechts..."

Friedbert Rausch dirigierte seine blinde Partnerin zielgenau. Souverän animierte Vico van Burg das Publikum im
Hintergrund. Alle Augen starrten gebannt auf die übergro-
ße Leinwand, auf der jede Bewegung der Armbrust milli-
metergenau nachvollzogen werden konnte. Schon überdeckten sich die Kimme und der Zielkreis. Jetzt galt es,
Schuss zu rufen, damit der kurze Pfeil ins Schwarze flog.
Friedbert Rausch fühlte sich getragen von einer Welle der
Zuneigung. Innerlich war er jetzt total abgeklärt. Er gab das
finale Kommando.

„Ch...", röchelte es aus seinem Hals.

„Ch...Ch...", mehr kam nicht.

„...uss", schaffte er schließlich doch noch.

Da flog der Bolzen mit stahlharter Wucht auf die Ziel-
scheibe, den kleinen roten Apfel, zu – aber leider knapp
daneben. Die kurze Verzögerung hatte ausgereicht, um
alles zu weit nach rechts zu drehen. Das Filmsternchen traf
keine Schuld. Was hätte sie auch tun sollen. Mit einem Röcheln war nicht viel anzufangen. Der Vokal im entschei-
denden Wort „Schuss" kam dann auch noch viel zu
schwachbrüstig aus Friedbert's Stimmbändern geschnattert.
Sie hatte ihn einfach nicht sofort gehört, und als sie ihn
bemerkte, da war es um einiges zu spät.

„Ah, knapp vorbei", rief Vico, aber das war für den
Schützen ein denkbar schwacher Trost.

Die Chance war vertan, der goldene Schuss versilbert,
denn der bereits unmittelbar vor Friedbert Rausch gestarte-

te Kandidat lag deutlich besser. Es blieb noch nicht einmal ein Trostpreis.

Sofort driftete die ganze Aufmerksamkeit des Publikums von dem vermeindlichen Versager weg und wendete sich dem nächsten Schützen zu. Friedbert war mit einem harten Einschlag vergessen. Vico van Burg führte weiterhin gewohnt souverän durch die Sendung.

In der Maske starrte Friedbert Rausch unbeweglich in sein brillenloses Spiegelbild. Wie schnell und brutal schien ihm das Abschminken im Vergleich zum kunstvollen Auftrag des weißen Puders und der noch viel blendenderen Haftcrème. Sein Auftritt war tausendmal schneller vorüber als die Vorbereitungen gedauert hatten. Er fühlte sich missraten und missbraucht. Dabei hatte er bis zum Fehlschuss sicher und vor allem schnell und präzise dirigiert; mit Adleraugen genau den richtigen Moment abgepasst. Aber der war ihm wie ein flinkes Mäuschen davongerannt. Das Geld war futsch, von einem Trostpreis gar nicht erst zu reden. Ein ganz kurzer Applaus zum Abschied war alles, was es für ihn gegeben hatte.

Als er zusammen mit einigen Zuschauern auf der Straße vor dem Studiosaal stand, flachste einer im Vorübergehen: „Na, Tell, hast du gewartet bis der Apfel auf Grün schaltet?"

Das saß. Verschämt verkroch sich der untröstliche Fehlschütze in sein einsames Hotelzimmer und zog sich die Decke über den Kopf.

Wieder zuhause versuchte Friedbert, sich in den Familienhaushalt einzureihen. Das fiel ihm am ersten Tag leicht, denn er war froh, in die gewohnte Umgebung zurückkehren zu dürfen, nicht alleine essen zu müssen, mit jemandem an seiner Seite aufzuwachen. Aber dann stieg die Enttäuschung in ihm hoch wie eine verdorbene Mahlzeit. Es begann, als er die Schwelle seines kleinen Reihenhauses wieder verließ. Auf einmal fühlte er sich beobachtet, selbst wenn gar niemand da war. Er zog den Nacken ganz leicht ein und schlich durch die Straße, indem er lautlos einen Fuß vor den anderen setzte und dabei die Hacken hochzog. Noch nie in seinem Leben kam er sich dermaßen null und nichtig vor. Er meinte, die Leute machten sich hinter seinem Rücken über ihn lustig. Aber in Wirklichkeit fanden alle seinen Fehlschuss nur jammerschade. Schließlich hatte die Stadt damit eine Chance verspielt, in die Schlagzeilen zu kommen. Niemand war wegen des Fehlschusses böse auf ihn. Mitleid war es auch nicht, was die Menschen im Städtchen empfanden. Es war, als hätten Fernsehzuschauer und Bekannte von Friedbert Rausch alle zusammen das Gefühl, vorbeigeschossen zu haben, und wenn sie ihn sahen, klopften ihm die Männer auf die Schulter, und die Frauen versuchten ihn mit liebevollen Worten zu trösten. Aber Friedbert schien angeschlagen wie ein Boxer.

Kujats Räucherkammer, der Versammlungsort aller Fußball- und Lotterieverrückten, erlebte während voller drei Monate einen total überraschenden, herben Umsatzeinbruch. Lotto und Toto wurde gespielt wie immer, doch die Leute kauften weniger Glimmstengel.

Friedbert Rausch war klar, dass seine Stimme es war, die versagt hatte. Eines Nachts träumte er von einem großen Opernauftritt. Er gab den Othello höchstpersönlich. Als er

116

den Mund zu einem wohlgeformten Rund öffnete, um eine Arie zu schmettern, da sang er weder Bass, noch Bariton, noch Tenor, nein, seine Stimme kam im hellen Sopran hervorgequollen. Die Zuhörer blickten erstaunt auf die Szene. Im Publikum saß auch seine Gattin. Als die Vorstellung zuende war, fragte sie ihn, warum er denn bloß mit einer Frauenstimme gesungen habe. Friedbert gab zur Antwort: „Weil ich Kreide gegessen habe".

Friedbert Rausch aß in Wirklichkeit keine Kreide. Ganz im Gegenteil. Er steigerte seinen Nikotinverbrauch, qualmte sich in einen Nebel des Vergessens ein. Er versuchte es zumindest und war damit allein auf weiter Flur, denn während voller zwei Monate sank der Zigarettenkonsum seiner Freunde und Bekannten Tag für Tag. Es schien, als wollte seine Entourage damit andeuten, wie schädlich das Rauchen sei. Oder war es etwa eine versteckte Solidaritätsbezeugung? Schließlich war ja der übertriebene Zigarettengenuss ihres Freundes daran schuld, dass sein Schuss so voll daneben ging.

Die Zeit heilt bekanntlich viele Wunden. Der plötzliche und unerwartete Umsatzeinbruch bei Rauchwaren um bis zu einem Fünftel war nach einem Vierteljahr wieder vergessen. Es wurde wieder gequalmt, als ob nichts geschehen wäre. Bei Friedbert Rausch lief die Entwicklung genau umgekehrt. Hatte nicht der Rauch an allem Schuld? War nicht er es, der die Ziele trübte und die Chancen verdarb? Mit jedem Zug kam bei Friedbert jetzt ein Stück Erinnerung hervor, kroch über Lunge und Blut ins Hirn und entzauberte den herben Genuss, zerriss ihn zu beißendem Schmerz. Was blieb, war ein schlechtes Gewissen und ein schaler

Beigeschmack. Das passte so gar nicht zu jener Befriedigung, die sich in seinem Körper schlagartig breitgemacht hatte, sobald der erste tiefe Zug am gewohnten „Rettchen" erfolgt war.

Er begann, seinen Zigarettenkonsum nachhaltig herunterzuschrauben. Zunächst gab er das Roth-Händle auf und probierte eine neue Marke: Chesterfield. Der mildere Rauch befriedigte ihn jedoch nicht. Einerseits fehlte ihm die wohltuend starke Dosis Nikotin. Andererseits der herbe Geschmack der roten Hand. Er probierte Ernte 23. Das war schon einmal ein goldener Mittelweg. Aber dort blieb er nicht lange stehen. Er trauerte immer wieder der verpassten Gelegenheit, seinem goldenen Schuss, nach, wobei es ihm nicht nur ums Geld ging. Auch Ruhm und Ehre hatte er auf denkbar dämliche Weise verpasst. Sein Leben verlief wieder in eingleisigen Spuren. Während der Filmvorführungen durfte er ohnehin nicht rauchen, aber im Anschluss daran verspürte er immer weniger Lust. Statt wie früher an der frischen Luft frohen Herzens zu genießen, fing er an zu grübeln. Er war ein sehr gewissenhafter Mensch, der, wenn er sich etwas vorgenommen hatte, dies auch akkurat zu Ende führte. Klar hatte er gewinnen wollen, doch auch eine knappe Niederlage hätte er verschmerzt, wenn nicht sein Schuss auf so dumme Weise vorbei gegangen wäre. Die Zeitungen würdigten seinen Auftritt mit keiner Zeile. Nur mit einem Volltreffer wäre er gefeiert worden. Der Trost seiner Mitbürger wiederum war ihm peinlich.

Bald kannte man ihn nur noch mürrisch und schlecht gelaunt, er grieskramte sich mühseelig durch den Tag. Statt zur Zigarette griff er immer häufiger zu Schweizer Kräuterbonbons. Da hatte er ein wenig Freude an der Kühle, die sich in seinem Rachen breit machte – ein ganz anderes Gefühl. Sein Verbrauch wurde beachtlich, und da er nicht viel Geld besaß, versuchte er auf eine billigere Marke umzusteigen, machte aber bald einmal wieder kehrt und kaufte von da an nur noch original Alpenkräuterbonbons, da die preiswertere Sorte geschmacklich nicht mithalten konnte.

Wie alle Raucher, die sich das Rauchen plötzlich abgewöhnen, nahm er im Gegenzug an Gewicht zu. Als er nur noch zehn Zigaretten am Tag rauchte, waren es zehn Pfund. Bei nur noch fünf Zigaretten wog Friedbert bereits zehn Kilo mehr, und für die letzten zwei Rettchen zahlte er mit weiteren fünf Pfund. Zusätzlich trank er ein, zwei Bierchen zu viel. Die nahm er wie gewohnt nach seinen Joggingausflügen in der Sommerfrische seiner Waldgasthöfe ein. Nur das Schießhaus mied er aus unerfindlichen Gründen. Besonders an jenen Tagen, an denen die Hobbyschützen mit ihren Luftgewehren auf kreisrunde Scheiben schossen.

Durch die Gewichtszunahme hatte sich gleichzeitig Friebert Rauschs Aktionsradius auf den sprichwörtlichen Bierdeckel verringert. Er bewegte sich nur noch schrittweise, allerdings bekam seine Stimme jetzt auch eine Festigkeit und runde Samtheit, wie man es von einem wohlgenährten Opernsänger gewohnt ist. Wenn er zum Telefonhörer griff, erkannten ihn seine Kollegen nicht mehr.

„Wer ist da, bitte?", mussten sie des Öfteren fragen, und erst bei genauem Zuhören erkannten sie ihren Bekannten, so ungewohnt ölig-rund klang er. Seine Laune stand in keinem Verhältnis zum satten Bariton aus seiner Kehle.

Rausch langweilte sich zu Tode. Er wünschte sich nichts sehnlicher als eine zweite Chance. Doch wo sollte sie herkommen? Er bewarb sich für jede erdenklich Quizsendung, die es am Fernsehen gab, ob „Einer wird gewinnen" oder „Dalli Dalli". Aber keiner wollte ihn haben. Aufgrund seiner Erfahrung mit Lotto und Toto wusste er, dass die Chancen schlecht für ihn standen. Wenn es seine Finanzen erlaubten, spielte er vier oder manchmal sechs Häuschen, nie hingegegen eine Systemwette. Da das alles dennoch ins Geld ging, suchte er sich billigere Einsätze aus. Wo auch immer er auf ein Preisrätsel in der Zeitung oder in einem Geschäft stieß, füllte er eine Postkarte aus und warf sie in den Briefkasten oder in eine der bereitstehenden Urnen.

„Steter Tropfen höhlt den Stein", hielt er sich vor.

Jahrelang tat sich nicht das Geringste. Friedbert Rauschs Gewicht hatte sich stabilisiert. Nicht so seine Laune; die blieb trüb. Tag für Tag warf er seine Western, Kinder- und die ersten Sexfilme an die Leinwand, aber anschließend ging er nicht einmal mehr zum Ausspannen an die frische Luft. Sich selbst hätte er am liebsten weggeworfen. Die Tage glichen sich einander in unerträglicher Schwere an. Als schließlich auch noch seine Frau dahinschied, war plötzlich nicht nur jeder Tag wie jeder andere, auch jede Stunde wurde zum Zwilling der vorhergehenden und die Nächte unerträglich. Pascal und Paul waren groß geworden und ausgezogen. Die günstige Dreizimmerwohnung wollte er dennoch behalten, denn woanders hätte er für dieselbe Miete nur ein einfaches Studio bekommen. Er pflasterte die Wände immer mehr mit Erinnerungsfotos erfüllterer Tage zu, als handelte es sich um Standfotos, die für Kinofilme warben. Vor allem in seinem Schlafzimmer hoffte er dadurch seiner inneren Leere zu entkommen. Langsam nahm er wieder ab. Zum Essen fehlte ihm einfach die Lust.

„Möchtest du eine rauchen?", fragte ihn Kujat freundschaftlich und ohne jeden Hintergedanken an seinen eigenen Profit.

In seinem Kiosk hatte sich nicht allzuviel getan. Weder waren die Wände neu gestrichen worden, was sie aufgrund der braunen Ablagerungen aus Tabakrauch bitter nötig gehabt hätten, noch hatte sich sein Sortiment groß verändert. Noch immer dominierten Marken, die sich das weite Land oder die rauhe See als Hintergrund allerlei Abenteuer ihrer männlichen Werbeträger auf die Fahne geschrieben hatten.

„Danke, ich habe es mir ein für allemal abgewöhnt", erwiderte Rausch ohne großes Bedauern.

„Du bist wirklich standfest", meinte der beste Freund und Geschäftsmann.

„Wenn ich einmal etwas entschieden habe, bleibe ich dabei."

Aber zwischendurch fragte sich Friedbert Rausch nach dem Sinn der Übung. Er hatte das Gefühl, den Sisyphos zum Besten zu geben. Ob er rauchte oder nicht, was spielte das für eine Rolle. Er sah alles wie mit schwarzem Teer überzogen, der ihm den Gefallen an den Dingen des täglichen Lebens nahm.

Schließlich war ihm doch noch einmal das Losglück hold. Sechs Jahre nachdem er für den „Goldenen Schuss" ausgelost worden war, gewann er eine Reise nach Florida. Eigentlich war es eine Reise für zwei Personen, aber da er niemanden fand, den er mitnehmen wollte, einigte er sich mit dem Veranstalter des Preisausschreibens, dass man ihm den Gegenwert für die zweite Person als Wegzehrung gutschrieb. Seine Taschen quollen daher über vor Geld.

Er flog mit dem Düsenjet nach Miami. Es war seine erste Überseereise. Vom Flughafen ging es weiter mit dem Reisebus auf Key Largo, wo er im Sheraton untergebracht war, einem riesigen Kubus, der über den Tropenwald hinauswucherte, von Geisterhand eingepflanzt.

Jeden Abend machte er in der lauen Luft einen Verdauungsspaziergang. Die Sonne war bereits seit langem untergetaucht, und die Sicht in der schwülen Abendluft verblasste mit der Eile einer tropischen Brise.

„Islamorada 16 miles" stand auf einem großen Schild auf einer der zahllosen Stellen, wo man vor allem in der Dämmerung nicht mehr genau unterscheiden konnte, ob man sich auf einer Brücke oder einem Abschnitt des 100 Meilen langen Fahrdammes befand, der die Florida Keys wie Südseeperlen auf eine Schnur aufzog und dem Straßenverkehr zuführte und damit auch dem unablässigen Wummern der Betonfugen aussetzte. Alle zwei bis zehn Sekunden dröhnte ein kurzer Doppellaut durch die Stille und markierte das Vorbeirauschen schwerer amerikanischer Limousinen über die Dehnungsfugen der Verkehrsader. Rechts und links wuchs etwas Gras. Dann folgte bereits das weite, offene Meer. Die Perlen an der schier unendlichen Schnur, das waren Marinas, die Jachthäfen der Fischer und Vergnügungssüchtigen. Für jedes Auto schien es mindestens auch ein Schiff zu geben.

Am sechsten Tag seiner Urlaubsreise hatte sich Friedbert an die künstlichen Landebuchten mit ihren übertrieben chromblitzenden Relingen gewöhnt. Da die Häfen alle gleich aussahen, zog er die dünnen Landstriche zwischen den Siedlungen vor, wo es allerlei tropische Pflanzen zu entdecken gab.

Die letzte Perle in der Ferne, dort wo die Sonne gerade untergegangen war, hieß Key West. Weiter aber als Islamorada, ein Achtel der Strecke, war Friedbert Rausch an den Tagen zuvor nicht gekommen. Das genügte ihm, denn allzu groß war der Unterschied zwischen den über 800 Inseln und Inselchen der Florida Keys nicht. Das Schönste war das Klima und die Farbenpracht der Korallenbänke.

Friedbert konnte sie nur über dem Wasser erahnen. Er war ja noch immer nicht fähig, zu schwimmen, geschweige denn zu tauchen. Aber tagsüber erfreute er sich an den türkisblauen Farbspielen vom Ufer aus, und wenn es dunkel war, genoss er das sanfte Gurgeln der Brandung. Jetzt, wo er ein wenig heimisch geworden war, glaubte er sogar, den Flügelschlag fliegender Fische hören zu können, denn jeden Abend schärfte er im Dämmerlicht seine Sinne und seine Gabe zu beobachten. Dazu rückte er von der Grasnabe ausgehend tief zum Ozean hin, sodass er von der Straße her nicht mehr zu sehen war, und wo auch umgekehrt das Rauschen der Limousinen und Dreiliter-Jeeps fast verhallte. Zwischen Mangrovenwurzeln und Seegras setzte er sich gerne eine Weile und lauschte; so auch an diesem Abend. Die Geräusche, die er vernahm, kamen wie gewohnt aus unmittelbarer Nähe. Da war ein Blubbern und leises Ziehen zu vernehmen, als zöge etwas durchs Wasser und teile die Fluten gerade so wie man einen Vorhang umschlägt. Ein besonders dicker Fisch sicherlich.

Doch das war kein Fisch. Das war eine Frau.

Sie war ins Wasser gegangen, als krieche sie unter eine warme Bettdecke, als bereite sie sich auf eine geruhsame Nacht vor, all ihren Kummer vergessend. Ohne zu stören und aufzufallen, wollte sie verschwinden. Auf der Nordseite der Keys, dort, wo das Wasser am seichtesten war und das Seegras das Meer in eine saftige Wiesenlandschaft verwandelte, wollte sie zurück ins Nichts kriechen. Doch ihre letzten Bewegungen wurden hektisch, der Körper wehrte sich gegen die Umklammerung, und ihre Lunge spie das Wasser mit einem wüsten Röcheln von sich, eine letzte Rebellion des Fleisches wider den Geist.

Friedbert Rausch vernahm das Röscheln als etwas Fremdes, das nichts im lauen Wasser der Karibik zu suchen hatte. Er schärfte seinen Blick in die Richtung, wo das ungewöhnliche Geräusch seinen Ursprung hatte. Das waren nur wenige Meter vom schlammigen Ufer. Die Stelle kannte Friedbert von einem Ausflug vor zwei Tagen. Da hatte er versucht, soweit wie möglich zu den Korallen zu gelangen, musste aber bereits nach drei Metern aufgeben, da ihm das Wasser bis zum Bauchnabel reichte. Etwa fünfmal so weit Richtung offenes Meer trieb jetzt ein knapp zwei Meter langer Körper, das Gesicht nach oben gedreht. Einem Fischmaul gleich schnappte der Mund nochmals nach Luft, ehe das Wasser wieder die Oberhand gewann. Als die langgestreckte Gestalt abzutauchen begann, zog sie ihre blonden Haare wie die Flosse eines Walfisches hinter sich her.

Friedbert Rausch erkannte sofort, dass es sich um einen Menschen handelte. Kurze Zeit später tauchte die dunkle Gestalt erneut wieder auf. Sie schnaubte, saugte mit letzter Verzweiflung die Luft knapp über der Wasseroberfläche in die verkrampften Lungenflügel und ließ sich ermattet auf den Rücken fallen, schluckte das Wasser, dass sich in ihren Schlund goss, wie in eine Kaffeetasse, die auf dem Wasser trieb und nur darauf wartete, vollgeschwappt zu werden. Sie spie es mit Widerwillen in den Nachthimmel.

Friedbert wollte sofort reagieren, sich den Sweater über den Kopf ziehen, aus den Segeltuchschuhen steigen und mit den Bermudas bekleidet ins Meer springen, denn in seiner Aufgewühltheit hatte er vergessen, dass er Nichtschwimmer war. Als seine Zehen jedoch das Wasser berührten, drängte ihn schlagartig die Einsicht in seine beschränkten Fähigkeiten zurück. Er starrte auf die Oberfläche des Ozeans, wo sich das grausame Spiel eines ungeschickten Selbstmordversuches hinzog. Friedbert wollte helfen, seine Pflicht dem Leben gegenüber erfüllen. Seine Ohnmacht ließ fast unbändige Wut in ihm hochkochen. Er wollte, er musste helfen. Zweimal bewegte er sich ruckartig ins Meer, faltete die Hände zusammen, wie ein Brustschwimmer vor dem Sprung ins Wasser, musste aber gleich wieder zurückziehen. Er war machtlos. Da schoss es heraus aus ihm. Ein Ruf wie Donnerhall zerschnitt die Stille des Tropenparadieses. Friedbert Rausch hatte gerufen, nein geschrien. Klar wie Kristall hallte seine Stimme durch die Nacht.

„Help, help", schrie er auf Englisch.

„Help, help", so stark und satt, dass gleich mehrere Autofahrer, die wegen der milden Tropenluft mit weit heruntergelassenen Fenstern unterwegs waren, es hörten, auf der Stelle umdrehten und zum Ort des Hilfeschreies eilten. Dort fanden sie einen Friedbert Rausch vor, der sie mit ausgestreckten Armen erwartete.

Einem Operndirigenten gleich wies er mit ausladender Gestik den Rettern die Richtung. Als erstes kam ein Cabriofahrer herbeigestürmt, als zweites ein Britschenwagenkondukteur, die beide den kräftigen Ruf vernommen hatten und ihre Fahrzeuge in Sekundenschnelle wenden konnten. Ihre Augen folgten den rudernden Armen Friedberts. Die beiden starken Männer fackelten nicht lange und warfen sich in die Fluten, deren leicht kräuselnde Brandung vom Mond beschienen war. Zwischen zwei kurzen Wellenschlägen zeichnete sich die Ertrinkende als dunkler Balken im Wasser ab. Zeitgleich wurde sie an Hals und Hüfte von ihren Rettern umschlungen. Die beiden Schwimmer überbrückten die paar Meter bis zum Ufer in wenigen Sekunden. Dort griff Friedbert ein. Er bewegte die Arme der Frau mit Schwung auf und ab, als ginge es darum, einen Brunnen leerzupumpen. Das zeigte Wirkung. Die Frau kam wasserspeiend wieder zu Sinnen, blickte ihren Retter zu Lande entgeistert an und rülpste ihm ins Gesicht. Alle drei Helfer empfanden den unflätigen Luftstoß eindeutig als Kompliment. Rausch drehte die Frau zur Seite, faltete ihre vom Wasser eingeweichten, schrumpligen Hände und legte sie erst einmal unter ihre feuchten Wangen.

Bis zum Eintreffen des Krankenwagens verging fast eine halbe Stunde. Es war kein Telefon in der Nähe, und so musste einer der beiden Rettungsschwimmer weit nach vorne Richtung Islamorada laufen. Der Besitzer des Hauses, wo es eine freie Leitung hatte, ließ es sich nicht nehmen, die Presse zu verständigen, kaum war der quirlige Helfer wieder vor der Tür. Als dieser den herbeibrausenden Krankenwagen einwinkte, klebte bereits ein Mustang an seinem Heck. Der Journalist verlor keine Zeit, stürzte aus dem Sportwagen und sofort auf die beiden Landsleute am Strand. Denn die waren gerade dabei, von zwei Notärzten abgelöst zu werden. Den dritten Retter im Bunde bemerkte er zunächst gar nicht, denn Friedbert stand jetzt hinter dem ganzen Geschehen etwas abseits. Die beiden stämmigen Amerikaner kamen aber bald einmal auf jene Person zu sprechen, die sie gerufen hatte, und das war Friedbert Rausch. Mittlerweile war er genau wie seine beiden Mitstreiter von Kopf bis Fuß durchnässt, weil er noch vor dem Eintreffen der Ambulanz bei der Selbstmörderin zur Mund-zu-Mund-Beatmung angesetzt hatte.

„Mann, müssen Sie ein kräftiges Organ haben", raunte ihm der rasende Reporter auf Englisch zu, und damit meinte er weniger Rauschs Fähigkeiten in Erster Hilfe, als vielmehr seinen Hilferuf. Denn die beiden anderen Retter hatten ihm von jenem kräftigen Urschrei, der die laue Karibiknacht zeriss und sie zum Anhalten zwang, erzählt. Dem Reporter war sofort aufgefallen, dass zwischen dem Meer und dem Fahrdamm ein dichter Mangrovenwald lag, der eigentlich selbst die lautesten Geräusche in einem Dickicht von grünbrauner Watte verschluckt hätte, wäre da nicht eine so markige Stimme, wie die von Friedbert, hindurchgedrungen.

„I can't swim", entschuldigte sich dieser in leidlich gutem Englisch.

Der Journalist nahm es verständnisvoll. Er konnte nämlich selbst auch nicht schwimmen. Umso mehr suchte er nach einem ganz anderen Aufhänger für seine Story.

Einer der beiden Notärzte kannte die Frau. Sie war eine Sängerin; allerdings nur eine lokale Größe, deren Bekanntheitsradius bereits an den Grenzen Florida schlagartig haltmachte. Ob Liebeskummer oder Lebensmüdigkeit ihr Motiv war, konnte der Reporter nicht herausbekommen, da man ihr absolute Ruhe verordnete. Sie verbrachte noch einige Tage im Hospital von Miami, in das sie die davonrauschende Ambulanz innert einer Stunde mit heulender Sirene eingeliefert hatte. Der Journalist war ihnen erneut im Schlepptau gefolgt. Am übernächsten Morgen musste der Artikel bereits in der Zeitung stehen, und so titelte er: „The Voice That Saved Her Life."

Nicht die Retter, sondern die gerettete Sängerin prangte als Aufmacher auf einer vollen Innenseite der Florida Keys News. Da war viel vom fahlen Glanz der Bühnenscheinwerfer und von der Einsamkeit der Film- und Musiksternchen die Rede, um dann auf den „Dirigenten" der Rettungsaktion für die unglückliche Selbstmörderin zu kommen. Friedbert Rausch bekam die Rolle des großen Zampanos auf den Leib geschrieben. Da die eigentliche Rettungsaktion nur wenige Meter vom Ufer entfernt stattfand, verschwendete der Reporter kein Wort darüber, wer genau ins tiefe Wasser gesprungen war, wer genau als erster oder letzter Hand angelegt hatte. Wichtig war vor allem das Einweisen der Retter, die genaue Koordination der Maßnahmen, und da hatte der Tourist aus „Good Old Germany" ganze Arbeit geleistet, deutsche Wertarbeit sozusagen. „The Voice" war ein Held, vergleichbar nur mit den Badenixen aus David Hasselhoff's Baywatchteam. Aber die Schwimmwunder existierten eh' nur im Fernsehen. F. Rausch jedoch, den hatte die Vorsehung über den großen Teich geschickt, und den gab es in Fleisch und Blut, wie es jeder in Florida Keys News nachlesen konnte.

Die letzten Tage seines Aufenthalts wurden für Friedbert zum Triumphzug. Man reichte ihn herum. Er musste seine Stimme für Radiointerviews hergeben und Politiker drappieren. Er hatte wie ein altehrwürdiger Politprofi eine Woche mit vollem Terminkalender. Kurzfristig wurde er zum Jubiläumstag eines Kindergartens aufgeboten, zum Abendessen mit dem Bürgermeister von Islamorada, zur Einweihung eines neuen Stücks Unterwassernationalpark. Er war eine Person der Zeitgeschichte geworden. Wenn auch nur für kurze Zeit, denn noch bevor seine Agenda sich ausdünnen konnte, hieß es Abschied nehmen.

Der stickige Flughafen von Miami war so gar nicht nach seinem Geschmack, und der abgenutzte Teppichboden schien bei Friedbert den Eindruck zu verstärken, in einem abgehalfterten Theater dem Ausgang zuzustreben. Die Luft war verhangen und schwer in dieser späten Nachmittagsstunde, als er den Überseeflieger nehmen musste. Wie luftig-leicht erschienen ihm im Nachhinein die Abende und seine ausgedehnten Spaziergänge am Korallenmeer. Er nahm seinen vorreservierten Fensterplatz ein und genoss ein letztes Mal einen Blick von weit oben auf sein ehemaliges Feriendomizil. Die Florida Keys verschwanden langsam im Hintergrund als weißer Kometenschweif auf tiefblauem Grund. Rausch kam sich vor, als hätte er eine Raumkapsel bestiegen. Er goß sich mit Bordeaux-Wein in den wohlverdienten Sitzschlaf, der ihm fünf Stunden nach dem Abendessen mit einem kontinentalen Frühstück unterbrochen wurde. Das dröge Frankfurt wartete bereits mit seinem um den Main gewalkten Häusermeer. Am Flughafen begrüßten ihn seine beiden Söhne. Sie umarmten liebevoll den Papa und gingen dann zusammen in eines der vielen Restaurants, denn im Gegensatz zu Friedbert Rausch hatte das Begrüßungskomitee noch nicht einmal gefrühstückt. Anderthalb Stunden waren Sie mit dem Auto unterwegs gewesen. Paul war gefahren. Er hatte vor kurzem den Führerschein gemacht. Das Crèmeschnittchen, das all die Jahre weiterhin ein treuer Begleiter war, musste sein Äußerstes hergeben, aber sie waren rechtzeitig angekommen. Von den Taten des Vatis hatten sie gerade einen Tag vorher per Zufall erfahren, als ihnen ein Verwandter einen Zeitungsausschnitt der Florida Keys News zuschickte. Von einem Cousin dritten Grades namens Bill Rausch nahmen sie genauso erstaunt Kenntnis wie von den Großtaten des eigenen Familienoberhauptes. Friedbert wiederum hätte, bescheiden wie er war, nichts von alldem erzählt. Mit den Beweismitteln am Frühstückstisch konfrontiert, blieb ihm aber nur die ausführliche Schilderung jener Sommernachtsereignisse am Wendekreis des Krebses übrig. Paul und Pascal lauschten gespannt. Vor einem Westernfilm war es nicht spannender.

Er erzählte kurz und knapp; lange, episch-breite Vorträge waren nie seine Sache. Die Kinder mussten ihm fast die Würmer aus der Nase ziehen. Da die Klimaanlage im Restaurant, eine der allerersten ihres Schlages, unermüdlich ratterte, hatten sie alle Mühe, „The Voice" zu verstehen. Aber sie klebten ihm an den Lippen, mussten immer wieder nachfragen, lechzten und bohrten nach jeder Einzelheit. Friedbert konnte sich weder an die Farbe des Rettungswagens noch an die Kleidung seiner Mitstreiter genau erinnern. Das waren unwichtige Details. Was zählte, war das Endergebnis. Je länger die Befragung dauerte, desto stolzer wurden die Söhne auf den Papa., der sich zwar nicht als Schwimmer ausgezeichnet hatte, dessen beherztem Eingreifen es aber offensichtlich zu verdanken war, dass das Leben einer schönen, begabten Sängerin weiterblühen konnte. Sehr zum Leidwesen der beiden Jünglinge war über die jugendliche Selbstmörderin nicht viel zu erfahren. Über ihr Alter war Friedbert Rausch in der Zeitung informiert worden. Nach ihrer raschen Genesung war sie aus dem Miami Hospital genauso schnell verschwunden, wie sie eingeliefert wurde – ohne Dank und Abschiedsgruß gegangen.

Friedbert war deswegen nicht grämig, hatte er doch in der Woche nach der gemeinsamen Rettungsaktion weiß Gott genug zu tun gehabt. Für seine wie selbstverständlich geleistete Bürgerpflicht erwartete er keinerlei Dank. Dass es bei der Rettungsaktion zu einer kleinen Verzögerung kam, weil er nicht schwimmen konnte und für die Überwindung von fünfzehn Meter lauwarmen Ozeanwassers auf die Hilfe zweier Amerikaner angewiesen war, schien angesichts des guten Endes nebensächlich. Fast jedenfalls, denn die Söhne überraschten ihren Vater mit einem Geschenkgutschein, den sie ihm schon lange unterjubeln wollten. Friedbert

Rausch sollte, nein er musste, im Sommer am Jägersburger Weiher einen Schwimmkurs bei einem erfahrenen Bademeister besuchen.